麝過春山草自香
曉風

【代序】

驀過春山草自香

他去拜訪朋友，朋友住在深山裏。他到的時候才發現，原來訪客不止他——跟他一起殷勤來訪的，還有春天。

於是，跟春天一起，他們推開柴扉，朋友站在院中一棵梨花樹下等着他們。

那棵樹本來已經開了幾朵小白花，但等春天剛一進門，那樹彷彿忽然醒了似的。他當下恍惚聽到似有若無的轟然一聲，接着整棵樹就爆出白紛紛的晶瑩剔透的花瓣，來不及地，一朵擠在另一朵的身旁，一層疊着一層地，綻開起來，樣子純潔認真到有點傻氣，像一營服從命令的小兵。

來客的名字叫許渾，其實，「渾」字是個好字眼，不過為了不打擾閱讀，此事留待文後再來說它吧！此人是晚唐人（七八八～八六〇），但對我來說，他是我的房客，住在我家的書櫃裏，他的戶籍地址是「《全唐詩》五百二十八卷六〇三六～六一四三頁（大陸中華書局版）」，他的隔壁房客一邊是「杜牧」，另一邊是「李商隱」。

「時間還早，」山居主人崔處士（處士是古代對有才學卻隱居不仕之人的尊稱）說，「我們先出去走走，回來吃午餐剛好。」

「呀，太好了！」許渾放下褡褳，「我剛才一路就想着，這次要怎麼多看它幾眼山景，官場久了，眼睛都會翳霧掉！」

「不過，我帶你去，不是為了讓你去『看』什麼……。」

「那，是去『聽』什麼嗎？」許渾自作聰明地問道。

「也不是，別亂猜，跟我走，到時候你就知道了。」

於是喝下一甌茶，他們便朝門外走去。

那一年春天其實並不特別，山中潮濕而微潤，山裏有樹、有花、有草、有鳥。小鳥本不希罕，但看到春天，牠們就一個個都爭着唱了起來，而且有時還是對唱、合唱。當然還有大小石頭，石頭也不希罕，但此刻的石頭都包着柔柔膩膩的青苔，像絨氈，並且發出幽微的綠色瑩光……。

至於那條由崔處士領頭帶着走的山徑，沿途什麼也沒有，因為是闢出來留給人走路用的。主人甚至刻意修剪了幾根樹枝，免得擋路——但在這鬱鬱山林中的曲折小徑裏，如果你低頭仔細往地下看，你會發現，其實在柔軟的黃泥地上倒有些奇特的圖案——獸留下蹄痕，鳥留下爪印，蛇留下蹭跡，猴子留下果皮，小飛蟲留下屍體……。

「等下一個路口，向右上方爬點坡，」崔處士說，「那條路不容易發現，因為沒人走，兩邊長滿了草，只有住在這座山裏的人才知道這條路。」

「如果沒人走，幹麼開出這條路來？」

「是我開的，」崔處士說，「我喜歡有這條路。」

看到許渾不解，崔處士只好又解釋一下：

「我種了些橘子，要去橘子園，開條叉路比較近，路，其實愈小愈好，走的人也愈少愈好。」

「怎麼這麼說呢？大路不是比仄徑好嗎？」

「因為人多了，就擠掉了萬物。你在通衢大道上看過蝴蝶飛嗎？你在長安鬧街上見過小鹿散步嗎？這個世界，人太霸道了，把什麼地盤都佔盡了。但這裏是山，也該為那些獸類、鳥類、蟲類、魚類留點老根底作活路吧！我開闢了橘子園，其實也有點對不起住在山裏的這些朋友，所以我不施肥，不除蟲也不剪枝，橘子結得又小又酸，我都任牠們去吃。我有空會常來果園看看，就是看看，看牠們居然也喜歡橘子，我很高興，但橘子不甜，我只拿它做橘醬、做酒，等會午餐你就可以吃到了……。」

「哦——這——這——」兩人正邊走邊說，許渾忽然神色一變，並且整個人都癡楞住了。

「天哪！」愍了半天，他終於叫喊出來，「這是什麼氣味呀？是花嗎？不對，不是花……，沒有什麼花會香到這麼濃！」

崔處士含笑不語，只深深地吸了一大口氣。

良久。

「你見多識廣，我猜，你已經知道這是什麼氣味了。」

「我現在想起你剛才的話來了，我此刻懂了，你說要帶我出來走走，我以為你要讓我在春山中大開『眼界』，或者『耳界』——但原來不是，你要我的皮膚感知到溫暖而又涼颯微潤的風的觸摸，而且，讓我的鼻腔也感受那不知怎麼形容的香氣……。」

「其實，說得出或說不出『是什麼香』並不重要，重要的是，你，聞到了，你真真實實聞到了！而且，你已深深體悟並且深深喜悅了！於是你渾渾然變成這香氛的一部份，香在你裏，你在香裏。」

「好，我告訴你，我其實已經知道這是什麼香了，只是，因為跟我從前聞的氣味大不相同，所以把我搞糊塗了，但我知道——它是麝香。」

「你說對了，大唐朝的長安城或任何大城裏都不缺麝香。你做官，見過大場面，麝香，當然聞過。但在大城裏這東西只在三個地方出現，一個是皇帝和後宮的寢處，一個是聲色場所，還有一個，是講究的、善於擺派頭的大家閨秀的深閨裏。那種麝香，都是人工再製作過的。用的時候要加熱薰蒸，那氣味如果讓母麝聞了，牠一定掉頭而去，並且說：『搞什麼鬼把戲呀，一股子怪味！』」

「我總算聞到真的麝香了！但，奇怪的是並沒見到麝呢！」

「牠如果在，你也看不到，牠才不願意讓人看到牠呢！牠只要讓母麝知道牠在哪裏就好了！」

「那麼，你知不知道，那隻麝，現在，是不是就在附近——不然，怎麼這麼香？每根草都香，每吸一口氣都香！」

「哈，哈，這些年你不是迷禪宗嗎？香很神祕，跟宗教一樣，你看不見它，卻又知道它就在那裏。你抓不到它，卻知道那是真真實實的，比你手裏拿着的那根竹杖還要真實。反正，說不清——而且，你待會回去，你自己也滿身麝香呢！至於麝在哪裏？你也就別管了。」

許渾一時渾噩起來，嘴裏顛顛倒倒不知念叨些什麼，然後，他不知不覺吟出一句：

「麝過春山啊——草自香。」

是的，大地有山，人很少陽光很多樹很多的山，山裏有公麝和母麝，牠們都是弱小的賤物，不像孔雀那麼漂亮，不像老虎那麼狠，甚至連一對可以打鬥或抵抗的鹿角都沒有。但公麝會放香，母麝會欣然答允那香味的呼喚。然後，小麝會出生，麝的生命會縣延（只要人類的貪婪沒讓牠們滅種）。新的春天來時，山林的荒煙蔓草中，仍然會騰越出被麝臍薰染過的令人萬般不捨的香氣（古人一般說「麝臍」，其實它的「香位置」在肚臍與陰囊之間的特別腺體）。

「哎呀！好詩句！」崔處士忍不住擊了一下掌，「我看，這野草身上有幸沾染到的香氣到冬天自會散淡消失。但，有你這句詩，一千年後的人還能恍惚聞到今天這春陽之中草莖之上的馥馥香氣，並且為之如癡如醉，你信不信？」

許渾笑而不答，他並沒有把握這句詩可以流傳多久，當然，也不是全然沒把握……。但流傳不流傳關我何事？許渾想，我只要記住今日，今日的這一刻，我只要輕輕聞嗅，深深存貯，並在心靈底層留下這在陽光催促下的草莖上偶然凝聚的奇異芬芳。

一千年過去了，一千二百年過去了，我坐在書桌前，深夜，隔着時空，遙遙感知那座我不知其名的春山。曾經，有個春天、有座春山、有條小徑、有一帶百轉千迴的芳草劃下不可思議的軌跡，曾經有對公麞母麞留下牠們的愛情印記，那令人肅然凜然的生之悸動，那喚醒某些生命內心深處的神界芳香。

我，也是小草一莖吧？當巨大的美好經過，我甚願亦因而薰染到一縷馨香。

文後：

一、詩人許渾名字中的「渾」字是個後起字，也就是說更遠古的「甲骨文」「鐘鼎文」中都沒有它。這兩種文字一般是官方在使用（廣義的官方包括宗教祭祀），所以多半是名詞或動詞性質的字，常負責記載具體事件（例如戰爭或狩獵）。但「渾」是形容詞（或副詞），因此，古文字中便不容易有它的一席之地了。

它早期在「釋字類的書」裏出現，是在許慎（東漢）的《說文解字》中（那時，已有了九三五三個漢字——其中有重疊的），「渾」字原始的解釋是「巨川大河之水流聲」。

我之所以嚕嚕嗦嗦來說此字，是因此字原義少人知。麻煩的是，一般人看到此字只想到「罵人的訾語」，如「渾蛋」或「你這渾人」。唉，其實它是一個很好的字呢！而如果你認定它就是「罵人字」，這就形成了「障」，有了這個「障」，你就看不到「渾」字之美了。

所以，我想要先「除障」。

二、其實，「渾」字所描述的是大自然的現象，自然現象無法定其美醜善惡。但在古老的字組詞彙中它是個好字，因為它的原義是指大水，特別是合流而為一的水，因衝擊而撞出的轟然巨響的那股聲勢。

下面且舉幾個跟「渾」有關的句子：

1. 「財貨渾渾如泉湧。」（荀子．富國）
2. 「濤如渾金璞玉，人皆欽其寶，莫知名其器。」（晉書．山濤傳）
3. 「上窺姚姒，渾渾無涯。」（韓愈．進學解）
4. 「其（指蘇洵、蘇軾、蘇轍三蘇之文章）體渾涵光芒，雄視百代。」（宋史．蘇軾傳）

三、許渾的生年和卒年研究者分幾派意見，但所差不多，姑從七八八～八六〇之說。他的籍貫也有不同說法，例如江蘇丹陽、河南洛陽、湖北安陸，我個人比較贊成「洛陽說」。其理由說來很可笑，因為洛陽在地理上比較偏西北，相對於中國東南方，是個「乾燥地區」。而許渾的詩作中非常愛寫「潮濕感覺」。這一點，讀者當然很快會發現，許渾於是居然得到一個奇怪的封號「許渾千首濕（詩）」，我想是和洛陽的乾爽（或乾燥）相較，「潮濕」是一種值得一寫再寫的新鮮經驗。

四、最後也提一下，許渾六代以前的先祖許圉師是武則天執政時的宰相。所以許渾算是個有根底、有家世的文人，雖然科舉方面一直不太如意。

五、為了作者，我又嚕嗦多寫了九百多字，原因可以話分兩頭，其一是人老了，常想「把話說得更明白一點」。當然，我的企圖也許會失敗，會遭人譏笑為「幹麼寫得如此『落落長』，煩不煩人呀！」其二是我對年輕一輩的耐心不太敢信任。他們中間肯主動去查書去追蹤資料的人不多。我不如乾脆做個「售後服務」，把包括原作者在內的故事細節多交代一下。

（二〇二二・五）

輯一 在D車廂

輯三　半粒米和山溪小蟹

輯四　「人為萬物之靈」，真的嗎？

輯一 / 在D車廂

在D車廂

(1)我愛火車

二〇〇五年，全家去了一趟英國，為了省錢，也為了喜歡，我們選擇火車作為交通工具。火車，是英國人的發明，此事好像應該要大大佩服一番——不過，不知怎麼的，我好像也不覺得這事十分了不起。

比較了不起的，我認為應是火車之前的蒸汽機的發明，更令人驚心動魄的智慧則是火車後續的複雜萬分的管理學，以及整個鐵路網的規劃建設和經營。當然，公路和地鐵和高鐵和海底隧道或飛機場或航線也都各有其大創意大功力。

我愛火車，雖然並沒有愛到像某些人那種成癡成狂的程度，但「火車」好像常跟重大記憶相綁，不像搭公共汽車，坐完了就忘了。生命裏的「要事」，如內戰時的逃難，或從屏東北上就學，搭的都是火車，我難免對火車有一份特殊情感。

英國火車乾淨準時，座位敞亮，不豪奢，卻舒服。乘客看來也都彬彬有禮，連車站也很好——而我所謂好，就是指車站裏面該有的就有，不該有的就沒有（後者尤其重要）——雖然，那一年發生了可怕的國王車站的屠殺案，我還是深愛英國火車。

(2) 我愛英國火車的D車廂

但我真正愛英國火車其實另有一個奇特的緣由，原來，在它一截一截一截一截的綿長承載裏，制度上竟然會劃出一節「D車廂」。這節D車廂乍望之也並不特別，不料它卻有一條比法律還有效的規定，這條規定便是：

「凡選擇坐在此車廂的乘客，一律不許發出聲音。」

D車廂有多偉大？「不准人講話」又有多了不起？自己一個人跑到深山裏不也立刻便擁有寧靜嗎？可是，很難，「空山不見人，但聞人語響」，或者，「古木無人徑，深山何處鐘」，原來佔領一個空間，不見得能霸住那空間裏的「聲音權」或「不聞聲權」。所以，連神明出巡，都得打着「肅靜」的牌子，勸人別說話別吵鬧。其實就連我們自己，也不太讓自己耳根閒着，所以即使「獨坐幽篁裏」，居然仍不免「彈琴復長嘯」，也不知是不是為了壯膽？

所以，除了別人，我們自己也常是破壞安靜的高手——因此，規章、制度或者默契便有其必要了。生命中極需要用規條來維護某一小區的安謐與清寂，如D車廂。

呀！不准跟同行的人聊天，不准聽音樂，不准打手機，這簡直像天主教的「避靜」，又像佛教在「打禪七」。不過，卻不禁止你跟白雲打手語，向田野上的一綑一綑的乾草垛舉手致敬，或者跟淙淙流過的小溝小溪暗通款曲，甚至一廂情願地跟橫空而過的鳥羣眉目傳情，或者低頭寫一首詩——翻動紙張所造成的窸窣不在噪音禁止之列。

在熙熙攘攘的人羣中，坐着，不理陌生人，甚至也可以不理會自家人，D車廂是多麼神奇的好地方啊！想想，為了家人，一個女人一生要說多少囉囉嗦嗦的廢話啊，但此刻，你不必回答任何話，因為任何人不得提問。

家人對話，原也是好事，但在「父慈子孝兄友弟恭」之餘，不免犧牲了獨立深思的空間。愛因斯坦如果不斷被問「水電費繳了沒有？」或「我的襪子怎麼少了一隻？」或「下禮拜王家嫁女兒我們要送多少錢？」，世上就沒有「相對論」了。而此刻，在D車廂上，生活的小挫刀不會來挫你，你可以放心讓思考迤邐獨行，並且安心整理自己。

(3)因空白而生的機緣

我選擇在皮包中帶幾張小紙片，可以隨手記錄一些心情。另外，則是我的老招——看書。我挑的是張秀亞譯的維吉尼亞．吳爾芙的《自己的房間》，此書以前已看過兩遍，此刻帶它，如偕老友結伴上路。百年前的英國女作家的經典作品，能在英國的風景線上來三番閱讀，真是別具滋味啊！我又刻意去了國王學院，想走走當年那片不讓女人踏行的草地，並且遙想在六十四年前的初春三月底，她留下遺書，在衣袋中裝滿沉甸甸的石頭，毅然一步步走入碧澗急流，執意只求滅頂。她步履堅穩，一如平日在作黃昏時的散步……。

此刻，在D車廂裏，在家人面對面坐着卻不准互相對話的絕對寧靜裏，我何等珍惜這段硬挖出來的「空白機緣」。我可以坐在字裏行間和吳爾芙傾談，理直氣壯，而不受任何干擾，我們談起女子在這個世界上的生存空間的困厄，談男子幾乎永世不得探知的女性的哀怨和竊喜……。

她那有名的「如果莎士比亞有個妹妹」的假設，令人心酸復心惻，也令人想起在英國既有個「莎小妹」，我們也有個「蘇小妹」，這兩位「小妹」有得拚。啊，這裏分明有一篇論述可以寫……，咦，靈感不就是在這樣的定靜中產生的嗎？

我於維吉尼亞．吳爾芙除了佩服她的作品之外，別有一種幽微的悲憫和認同，原來她投水自沉之日是一九四一年三月二十八日（註），而同年同月二十九日清晨，卻是我在中國南方金華城呱呱墜地之時。

(4)想起吳爾芙，不免想起佛洛伊德

想起吳爾芙，這位出生於十九世紀的「女性主義的祖師爺」（哦，不，是「祖師奶奶」），不免想起佛洛伊德。

那個奇怪的佛洛伊德，他以為女人的諸多焦慮或神經質或終日惶惶若有不足，都是因為身體上少了一具「那話兒」。唉，真是怪事啊，他那不合邏輯的腦袋難道就不能想想男人是不是因為少了子宮或陰道或乳房，才每每那麼狂悖暴烈呢？

(5)十四世紀英國故事裏的大姐頭

在D車廂讀吳爾芙，不免勾想起另一本英國早期文學作品，書名叫《坎特伯里故事集》，書是一三九九年的產品，算是英國人的濫觴期的文學。而這個時候在中國早已是「唐詩也詩過

了」，「宋詞也詞過了」，「元代的散曲和劇曲也鬧鬧騰騰地曲過了」，此刻已輪到明朝的天下了，但用英文寫的文學才剛剛起步。

大概因為文學剛開始，寫法頗有草莽氣息，故事從一個旅行團出發開始講起。古代原沒有什麼觀光旅遊團可以去四處遊玩，如果以中國為例，上焉者則是皇帝去泰山封禪，下焉者是官員調遷或遭貶。此外，可以去天下四方亂走的則是士兵戍邊或僧侶化緣，以及「重利輕別離」的商人在走東闖西、買貨賣貨。偏偏在這堆古人中有一支隊伍是「進香」或「朝聖」的，此事因有它的「神聖性」，別人不敢攔。《坎特伯里故事集》便是寫些朝聖者在「慢慢長途」的旅行中（當時也非慢不可），各人編些故事自娛娛人。這一開講，便沒完沒了，簡直要說到地老天荒。後來作者死了，故事戛然而止。他本來計劃讓三十個朝聖者每人講四個故事，一共湊成一百二十個故事。可是，天哪，他才寫了二十四個故事，就從自己的「人生朝聖之旅途」上消失了，書才完成五分之一呢！唉，我其實多麼好奇作者喬叟另外九十六個紛紛紜紜的故事到底說了些什麼呢？

故事中大部份的朝聖者當然是男性，卻有修女和修道院的女院長——修女去朝聖，這事算順理成章，但卻冒出一個來自巴斯地的大姐頭，在書中她就叫巴斯婦人。

(6) 讓喬叟那個高手來跟我說故事

因為D車箱的凝定闃靜，我遂想着這婦人，和她的故事，當時，七百年前，春天乍到，她將故事幽幽道來……。

喬叟是個說故事的高手，他最有趣的地方在於他先寫活了朝聖團中的各色成員，然後才請他們各自開口說故事。像巴斯婦人，她「自報家門」的段落，長到比故事還長兩倍呢！甚至也比她講的故事更精彩勁爆。

在中國，好像不容有巴斯婦人那種女人，她肉感、美麗、敢做敢為，而且做完還敢直說。中國這種女人如果有，也只能寄身江湖世界做個大姐頭，時不時聲宣佈自己：

「哼！老娘胳臂上好跑馬！」

巴斯婦人五嫁，並且還很以此自豪，因為前三位丈夫都由她榮任「高酬收屍隊」。她投資短短幾年光陰，竟連賭連贏，賺到三份豐厚的遺產，她真是剋夫高手啊！而且，她似乎還家學淵源，她的老媽也滿腹經綸，知道如何操縱男人。

有了錢，她不再委屈自己去再嫁「老夫」了，她開始嫁「少夫」，少夫當然也有少夫的麻煩，第四個丈夫雖不老，也在她某次朝聖遠遊時在家「自行殞滅」了。不過截至說故事的那個春天，她在大打出手幾個回合之後，雖然被打到耳聾，但卻終於讓她在第五任期中佔了上風，搞定了比她小二十歲的丈夫，簡直是莎劇《馴悍記》的反面版本。

巴斯婦人如果生在今天，大概是個「婦運份子」。她也可能走商業路線，到處演講，傳授「理財」和「御夫」兩種高科技而名利雙收。

巴斯婦人雖粗俗飆悍，但口條清暢有理，論事引經據典，儼然大家風範，想來那五個丈夫也不是白嫁的——除了撈了些銀子，也讓她見多識廣，成了個「上得了檯面的人物」。

(7)世上的女人，她們一致最想要的是什麼？

義大利的《十日談》雖也是集眾人之口來說故事，但那些說故事的人都是些小姐少爺。他們為了逃避瘟疫，躲在鄉下別墅渡假，日子比較閒適，談吐比較優雅——不像坎特伯里故事中的敘事者節奏較明快，且頗多市井氣息。

巴斯婦人講的故事至今仍算個話題。話說有個騎士，獨行荒郊野外，忽遇孤身少女，他一時慾令智昏，犯了江湖大忌，跑去「性侵」少女。事情鬧出來，亞瑟王認為敗了騎士門風，斷他死刑。不料，皇后出面——皇后竟然是七百年前英國「廢死聯盟」的首任主席呢！真是失敬——亞瑟王樂得順水推舟，就把「騎士案」轉給皇后去發落。

皇后於是給騎士出了一個題目，要他出外一年（另外恩加一天），去找尋一個「放之四海而皆準」的答案。答案如果經眾貴婦同意，則可以免死。

那問題是什麼呢？問題是：

「世上的女人，她們心裏一致最想要的是什麼？」

騎士於是策馬上路，儼然成立了「一人民調公司」。麻煩的是，答案因人而異，有的說是錢，有的說是華服、性、奉承、信任，有的甚至認為丈夫早死為妙……。

行行重行行，半年已過，他必須遵守誓言折回頭去向皇后覆命了。但答案至今找不出，依舊必須砍頭，心中不免怏怏。他走着走着，不意在森林深處碰見一位老醜的婆婆。婆婆雖老醜，卻多智，婆婆給了他一個答案，要他去見皇后和眾貴婦時說出來，如果大家一致同意答案正確而獲免死之恩，她就有權向騎士要「一項回報」。

騎士只好一試老媼之言，不意竟獲全體貴婦同意，那答案是：

「世上女子皆願能御其男子，男子對她言聽計從，俯首稱臣。」

這時，林中老婦忽然現身，向皇后請求主婚——因為騎士曾答應過她，如因其言獲免死罪，便要答應辦到一事，她此刻要求成婚。

騎士雖暗自叫苦，然而依騎士行規，必須謹守誓言，所以就把個醜老太太娶回家去了。不料此女的口才簡直是西方「無鹽女」，她看丈夫嫌她棄她，便說出一番大道理來。騎士說不過她，只好以禮相待，至少也得敬她幾分，不意這一轉念，老婦忽變美女。如今騎士夫人有德、有才、有貌，堪稱「三絕佳人」。兩人自此照着故事的法則，過起幸福美滿的日子……。

(8) 咦，過了七百年，這答案好像又不對了

可是坐在D車廂上，想着，過了七百年，這答案好像又不對了，能罩得住男人，一個男人，在一個屋頂之下，那算什麼呀？像名為五星上將的將軍，麾下卻只有一兵，又有什麼了不起呢？反之，男人罩老婆雖威武八方，同理，也沒啥好神氣的。當然，我指的不是要駕馭十個異性——而是，人生那麼廣，有價值有意義的事太多了，男女之事不值得成為女界的「共同唯一理想」。

女人跟男人一樣，她的願望應該是「平等」、「不作附件」、「生命裏不止有婚姻」、「在不違德的前提下可以去做自己要做的事」。白居易的詩中有句話說得深切：「人生莫作婦人身，百年苦樂由他人。」傳統女人未必個個不好命，但「苦樂由人」卻把人生弄成一場「不確定的」賭博，或贏或輸，全沒個準則。換言之，女人全然沒有選擇權。女人不是什麼奇怪生物，她要的東西跟男人一模一樣，只是去做一個人、去獨立、去自主罷了。

這些事，七百年前的潑辣厲害的巴斯婦人是不會懂的，連喬叟也不懂。但坐在D車廂裏，慢慢想，一切都洞然了。

(9)為什麼跑到英國「那節不准講話的D車廂」就會想起許多事？

可是，同一個我，為什麼在台灣不去想這些事，跑到英國「那節不准講話的D車廂」就會想許多事，也真奇怪啊！

除了讀吳爾芙，和巴斯婦人，讀舊詩也是個好主意。人在旅途，厚籍大冊帶了會累垮人，行囊只宜放它輕輕薄薄一二冊書。詩集，如心靈世界中的行軍乾糧，又如乳酪或牛肉乾，濃縮緊緻，美的密度比較高，耐得咀嚼也耐得飢——但詩集也只合在D車廂讀。如果搭乘的是聒噪的遊覽車，導遊下死勁努力勸人唱歌、講笑話，他自己也努力讓眾人耳根不得一秒鐘清靜，他甚至認為必須如此這般，才庶幾無愧於其神聖的職守。可憐你正想着如何把一句李賀的馳想兌化成現代詩，那邊卻冒出一堆「插嘴」的人，插科打諢，不一而足。在台灣，為了宣示族羣平等，許多車廂中還會「自動」跳出四種廣播語言（三種華語，外加一段英語）告訴你「台中到了」。這還不打緊，有些車廂更是服務周到，他們不厭其煩地好心相勸，請每位乘客生活中務必要小心詐騙集團，千萬不要上當了。這些公司對顧客的殷勤，真是令那些想好好閱讀並思索一首唐人絕句的人欲哭無淚啊！

如果世界上每個城市都有火車，如果每列火車都設有一節D車廂，如果載着我的不止是車輪車軌，也是幸福的D式的無邊的祥寧安靜——那，真是多麼好的事啊！

（二〇一五・三）

註：根據《大不列顛百科全書》的資料，吳爾芙辭世於一九四一年三月二十八日。但其實這只是她離家出走，前赴近處的歐塞河投水求死的那一天，時間是黃昏。嚴格地說，三月二十八日是她「失蹤」的日子。她遺體被尋獲時已是四月了（據《紐約時報》的報導是四月十八日），她究竟在哪一天棄世的，則是個謎。但以她長期被憂鬱症所困，厭世已久，加上二戰期間無情的空襲轟炸又炸毀了她的房子，為了躲炸彈，她搬了兩次家，難免心情悒鬱。且其人性格一向決絕孤行（她那訣別世界之前把外套口袋裝滿石頭的行為，彷佛生怕自己被河水拒收似的，簡直有點像懷石投江的屈原）。那麼，想來，她很可能離家不久便速速逐波臣而去了。

一篇四十年前的文章

二〇一五年十一月，台北市，細雨霏霏，我去赴宴。是一場既喜悅又悲傷的午宴。邀宴的主人是黃教授，她退休前曾是東吳大學經濟系的主任，邀宴的理由是想讓我跟她遠從天津來台的姪孫見面。說得更正確一點，是她去世四十年的亡夫的姪孫。說是「姪孫」輩，其實年紀也只差五歲。至於「黃教授」，也是「官方說法」，我們其實是一九五八年一同進入大學的同學，後來，一起做了助教，並且住在同一間寢室裏，所以一直叫她「小寶」。如今，見了面，也照樣喊她「小寶」。這一喊已經喊了五十七年，以後，只要活着，想必也會照這個喊法喊下去。

宴席設在紅豆食府，是一家好餐廳，菜做得素雅家常而又美味，遠方的客人叫杜競武，他是我老友杜奎英的大哥杜荀若的孫子。老友逝世已四十年，他前來拜望杜奎英的妻子黃教授。他叫黃教授為叔祖母，我好像也順便升了格。至於他要求見我一面，是因為——照他說——讀了我寫他三老爺（杜公）那篇〈半局〉，深為其中活靈活現的描述感動。

「活靈活現？哈！」我笑起來，「你見過你三老爺嗎？你哪一年生的呀？就算見過，你能記得嗎？」

他也笑起來。

「理論上見過，」他說，「我一九四六出生，那時候三老爺住我們家，他一定見過我，我卻不記得他……。他的行事風格嘛，其實我都是聽家裏人說的……。」

也許DNA是有道理的，他說話的聲口和神采也和當年杜公有那麼一分神似。但也許是少年時候因有台灣背景，受過許多痛苦折磨，也許是因為他比當年的杜公年紀大，他看來比較約斂自制，沒有杜公那種飛揚跋扈。但已足以令我在席間悄然「一思故人一神傷」了。

印尼有個島，島民有個奇怪的風俗，那就是在人死後幾年，又把死人從地底下一再刨出來，打扮一番，盛裝遊街。他們不覺如此做唐突了死者，只覺得應該讓大家能有機會，具體地再一次看見朝思暮想的那人。

我在報上看見圖片，心裏雖然不以為然，天哪！那要多花多少錢呀？世界如此貧薄，資源如此不夠用，厚葬怎麼說都該算一項罪惡。我怎麼知道那是厚葬呢？因為推算起來屍身要保持得那麼完整，而且又要維護得如此栩栩如生，一定是錢堆出來的。但是，看見圖片上那死者整齊的衣服，宛然的面目，以及陪行寡婦的哀戚和眉目間的不捨，仍不禁大為動容——雖然我與那人素昧平生。啊！人類是多麼想多麼想挽回那些遠行的故人啊！我們是多麼想再見一眼那些精彩的朋友啊！

我此刻坐在雅緻的餐廳裏，跟五十多年前的老友的姪孫見面，彼此為的不就是想靠着反覆的陳述來重睹逝者的音容嗎？

曾經，身處兩岸的我們隔着那麼黛藍那麼憂愁的海峽，那麼綿延的山和那麼起伏的丘陵，以及那麼複雜的仇恨——然而，他輾轉看到了我的文字書寫，他覺得這其間有一份起死者於地下，生亡魂於眼前的魅力。我的一篇悼念，居然能令「生不能親其謦欬，死不及睹其遺容」的那位隔海姪孫，要從遠方前來向我致一聲謝。我一生所得到的稿費加版稅加獎章和獎金，都不及那老姪孫的俯首垂眉的一聲深謝啊！

兩天後，他回去了，山長水遠，也不知哪一天才會再見面。人跟人，大概隨時都在告別，而事跟事，也隨時都在變化——政局會變，恩仇會變，財富的走向會變，人心的向背會變。而這其間，我們跟歲月告別，跟伴侶告別，甚至跟自己曾經擁有過的體力和智力告別……。

然而，我不知道「書寫」這件事竟可以如此恆久，雖然「壞壁無由見舊題」，如果兵燹之餘，所有圖書館都燒成灰燼，則一切的書寫只好還原為灰塵（啊！原來人類肉身的「塵歸塵，土歸土」的悲哀法則，也可能出現在文學或藝術品上）。但在此之前，這篇文章，它至少已活了三十九年半，讓遠方復遠方的族人，可以在青壯之年及時了解一段精彩的家人史，呼吸到故舊庭園中蘭桂的芬芳。

後記：

一九七五年，八月，四十年前，我的朋友杜奎英謝世，我當時人在美國，不及送他最後一程。隔年我寫了一篇〈半局〉悼念他，刊於《中華日報》。不意近四十年之後，有一位朋友跨海而來，向我殷殷致謝。

（二〇一六．一）

教室

那男孩蹲在地上，緊挨着他在旁邊蹲着的，是他的母親。地是泥沙地，平平的，上面什麼也沒有，只有一根削尖的小樹枝。

他是個小孩，五歲，臉孔紅潤，雙眼晶亮，他時而好奇地看看母親的臉，時而轉睛去看母親的手，他忙得不得了。

「阿修，你看好，我今天要來教你認『字』了。」

「咦？『字』？『字』是什麼？」

「你爸爸走得早，本來，應該是他來教你認字寫字的，如今他不能來教你，我就來教你。我們昨天才去上他的墳，他走了一年了，昨日我也跟他說了，說，我要來教你認字。你看，我現在寫三個字，一、二、三，好，我現在塗掉，你來寫。」

小男孩接過樹枝，寫了一、二、三。筆跡雖然稚拙，卻也一筆一筆實實挺挺的。

「好，現在我再來寫，天、地、人。」母親寫完，又立刻塗掉，「我來把着你的手，再寫一次。」

小孩寫完，她把沙上的字跡全部抹平，並且問：

「剛才我們寫了什麼字？」

「一、二、三。」

「後來呢？」

「天、地、人。」

「你把這六個字全都再寫一遍給我看。」

小男孩寫了，一二三，然後又寫了天人，卻想不起「地」怎麼寫。只說：

「天是『二』個『人』哦！——地，怎麼寫？我想不起來了。」

「天是『天』，『天』不是二個人。人是『人』，『人』不是半個天。『地』有點難寫，我再來把着你的手寫一次。地，你要記得『地』這個字，我們現在就是在地上畫字，你就是在地上學寫字的。」

「學寫字，就要蹲在地上學嗎？」

「不是的，有錢的人有几案，案子上鋪着白紙，白紙旁邊有硯台和墨錠，用墨在硯台裏磨啊磨的，就磨出墨汁來了，然後可以用毛筆沾了黑墨汁在紙上寫字——這叫白紙黑字，你爸爸寫在紙上的字好漂亮。」

「那，我們為什麼要在地上寫？」

「因為我們沒有錢買紙買筆，在地上寫，不用錢。」

「我們是窮人？——」

「不一定，看你怎麼說？我現在教你識字，你識了字就能去看書，看了書就可以懂很多道理，人一旦懂了道理就不能算窮——不管你有錢沒錢，懂道理的人就不算窮。」

小男孩似懂非懂，只努力把那六個字又畫了好幾遍：

一二三

天地人

父親是去年走的，那時候，他四歲，茫茫然不知家裏發生了什麼天搖地動的變化。事情過了一年，昨天他們去祭墳，今天，母親不再哭泣，她蹲下來，在自家院子裏，她已決定，這裏就是教室，就是學堂，她要來教自己的小孩識字。孩子的父親生前是個好人，但天地對他不夠仁厚。她於是決定要來為孩子的父親扳回一點公道，她自己來教小孩識字。她要把整個知識的世界送給這孩子，她要讓那個好男子的骨血也能成長為一個有價值的好人。

父親死後二十年，宋仁宗天聖八年（公元一〇三〇年），小男孩二十四歲，中了進士，他是一個既有學問又有才華的人，他的名字叫歐陽修。

他有學問，有見地，是因為他飽讀經書。他飽讀經書是因為他識字，他能識字是因為母親為他築了一間宏闊明亮的大教室——

那教室以天空為屋頂，以大地為坐蓆——這坐蓆還得同時兼做無邊的大紙，隨寫隨更換內容的一張大紙。而筆，是削尖的枯枝，四野的風聲水響是不輟的絃歌，前來加助潛移默化之效。在這間教室裏，一個寡母，一個孤子，一個老師，一個學生，教室中「教人的人」和「受教的人」，他們的那顆心都是熱的。只因那老師相信，這孩子必然會為仁德的父親重新擔起仁德的傳承。上天一定會給這個因四歲喪父而會吃不少苦頭的小孩以加倍的垂憐和祝福。

今天，一千年過去了，在華人的世界裏，造價昂貴且設備完善的教室比比皆是，但，虔誠認真的老師和又驚又喜一顆心興奮到近乎慌亂的學生在哪裏呢？

（二〇一六．四）

故事兩則

(1)老東北人的裸睡

跟宋先生聊天，談到張學良。宋先生是誰？此處暫且不表，提他的姓，是為了讓自己的敘述「言而有徵」。

「那時候，他病了，住在榮總，我在電話裏約了要去看望他，我怕他多禮，一直等我，就跟護士交代，如果我到晚了，千萬別管我，讓他先休息吧！那時候台灣交通沒那麼方便，從中部到北部要花很長的時間，我那天晚上八點才到，他已睡了，但他也事先交代了護士：

『就算我睡了，宋先生一來，你就要把我叫醒！』

他也真是個多禮的人，那天我們聊了一下，讓我印象最深刻的是，我沒想到這位老先生原來是裸睡的。他當時坐起來，光着膀子。我心裏一動，啊，他畢竟是老東北人啊！他還保持着當年老家的習慣，睡在炕上的人是除了被子一絲不掛的。在外面這麼些年，他還是保持着故鄉生活的老辦法，唉，這位念舊的老先生，真讓人感動啊！」

我聞此言，亦不免心中一慟，北方大寒天，燒得溫暖如爐的炕頭，肉體純潔地展開，感知那土炕上的一片馨暖。

宋先生因解讀了張先生，而心生感動。

我則因宋先生有慧心能解讀張先生而感動。

天下事如果不是經過解讀，畫面本身常是不見什麼意義的，只不過白被單底下蓋着一個沒穿衣服的生病老男人罷了。

透過解讀，一個「東北老疙瘩」的執着鄉愁便汩汩流出，如不絕的泌泉。

⑵ 賴桑的甘死

好吧，我就叫他賴桑——這麼叫，是因為我不認識他，我只知道他兒子姓賴，兒子姓賴，想來他也姓賴，而他又是日本時代的台灣人，所以就叫他賴桑吧！老一輩的台灣人叫賴桑，就是賴先生的意思，「桑」是日本話中的「先生」。

認識賴先生的地點在廣東順德圖書館，那天因要搭飛機去雷州半島的湛江，中間多出三個小時，我便跟陪人說要去看看順德博物館，看完博物館，旁邊有家「書店」加「咖啡店」，我就走了進去。原則上我一天之中不喝第二杯咖啡，只能去點一杯氣泡礦泉水，不料沒有，我在櫃台不免多花了點時間去做一番對話。就在這時候，我看到櫃台左邊有位頭髮斑白的中年男人，普通話雖也說得字正腔圓，但聽氣口，是台灣的人，又因他儒雅大氣，我猶豫了一下便厚着臉皮前去遞了一張名片。「停船暫借問，或恐是同鄉」，這是唐人崔顥的句子，今天仍適用。於是互換名片，互道久仰，他真的是我所猜的台商。

可休息的時間不多，我十分鐘後便坐上車直奔機場，但在那十分鐘之內，賴先生卻跟我說了他父親的故事如下：

「那時候，是日本時代，日本人讓台灣人讀醫、讀師範，但不讓讀跟國防有關的工程，我父親卻讀了台北工專，全校只收三個台灣人，一二三名永遠是這三個台灣人包辦，日本人再優秀，永遠只能搶第四名。

後來，戰爭結束，日本人走了，臨走，撂下狠話，說：

『電廠，你們會操作嗎？哈，我們走了，三個月內，全台灣會（因發不出電來）一片黑暗。』

而那時，孫運璿到台灣來了。

他先找出日本時代懂電、懂工程的人，南南北北，一共找到一百二十六人，我父親是其中一個。

不久之後，全台供電正常，日本人大吃一驚，不能置信。

後來，許多年過去了，我父親有一天在松山機場遠遠看到孫運璿，兩人去那裏都是為了送朋友，孫運璿遠遠看到我父親，便從大廳另一頭跑了過來，握住父親的手，說：

『我們有二十五年不見了呢！你一向好嗎？你的太太林女士好嗎？』

父親被他一問，感慨萬端，回到家，坐在客廳，一人發呆……。」

說到這裏，我在順德碰見的這位賴先生停頓了一下，接着他說：

「那天我剛好回家，剛好看到父親一個人坐着發呆，我就問他怎麼啦？他便把事情跟我說了一遍，說完了那段話，他嘆了一口氣，說：

『有這樣的長官，跟他做事，就算做到死，也是心甘情願的啊！』」

孫先生是好長官，這幾乎是大家公認的，而賴桑是好部屬，其實也極不易。現在部屬大概很少會因為長官多年後仍願視你為友人，致上親切問候而願意「為你做到死」！

也許是孫先生那張誠樸懇摯的臉和北方老侉子的口音令人感動，也許是他老老實實的握手……。

我因一句鄉音，用十分鐘交了個朋友，並因這友人而獲得一個故事，因這故事而知道七十年前的「讓台灣免於黑暗厄運的那番艱苦搏鬥」，以及「在那番搏鬥中相知相重的『主管和僚屬間的』『現代君臣之義』」。

我心中默默向故去的孫揆和拳拳厚意的賴桑致敬。

（二〇一六・六）

楊絳和法塔

楊絳走了，在二〇一六年五月。

她是嵩壽的才女，相較於同年年初去世，亦逾百歲遐齡的張充和（沈從文的小姨子）和她那種高華古典絕美的風格，楊絳顯然更親民、更幽默、更貼近大眾，而我哀悼她，其實別有傷懷處。跟她曾受過的政治迫害無關，那個迫害，應是凡在四〇年代選擇留身在中國大陸的文人都極難避免的一劫。所以，既是個普遍現象，也就不談它吧！

可是，法塔又是誰呢？這個，也且等一等再說吧！

話說，晚年的時候，楊絳說了一句話，她說她對錢鍾書最大的貢獻，就是保全了他的「天真」和「孩子氣」。她甚至說，這兩種特質，曾是錢鍾書的老爸當年最提心吊膽的，他深怕錢鍾書會因而自誤，一輩子要吃大虧。

但楊絳不擔心，她選擇讓自己一輩子成為一個為錢鍾書擋子彈的人，錢鍾書因而可以「天真」到死、「孩子氣」到死。

做妻子，尤其是做才子的妻子，若不能「捨此身」以「取義」，則那位才子丈夫其實早就變成「小時了了，大未必佳」的凡夫俗子了。

唉，這就讓我想起法塔，法塔的父親把十七歲的法塔當作禮物送給了賓拉登為妻，她的年齡當年只有賓拉登的三分之一，而且，她只是五分之一的妻子，他們共同生活了十年，她為賓拉登生了三個孩子。

二〇一〇年五月，美國海豹部隊攻入賓拉登密窟的那一夜，法塔勇敢地站在賓拉登身前，對狙擊手說：

「射我！」

狙擊手不想打她——因為她不夠斤兩——他們朝她的腿上射了一槍，意思是說：

「滾開，你的命，誰要呀？別來攪和了！我們忙翻了！」

法塔中槍倒地，肉盾沒有了，賓拉登遭兩槍斃命，一在腦，一在胸。

法塔護主無功，但一片赤膽忠肝卻是真的。賓拉登九一一雙子星大樓一案可以弄死二千九百七十三人，傷殘四千四百人——但他臨死之際卻竟有年輕美女願意為他殉身，也算豔福不淺。

不過，如果要說殉身，我想，做妻子的大概可以分成「文殉身」和「武殉身」。法塔是「武殉身」，楊絳是「文殉身」。「被武殉身」的丈夫十個大概有七個會心懷感謝，但「被文殉身」的丈夫十個大概只有一個會感恩，其他四個則視為理所當然，另外五個則渾渾然一無所知，他也未必生來就是忘恩負義之輩，只是他完全沒弄清楚妻子曾為他做了些什麼。

一般家庭，難免會有一二個小孩，而如果做丈夫的又「立志」或「不小心」加入了「小孩國」，那，做老婆的就只好權當自己是「多生了一個『壞小孩』的媽媽」——噢，不對，應該是「多生了一個『壞老孩』的寡婦」。說她是寡婦，那是因為她已經沒有丈夫了，她的丈夫已經把自己列籍為孩子國的一員去了。

某位丈夫，是個詩人，五十多歲的時候，他的妻子出境幾天，事前冰箱裏當然為他準備了存糧。但他不知怎的忽然想喝稀飯。在他想，稀飯，有何難哉，詩都能寫的手，難不成不會煮稀飯？但，當然了，術業有專攻，他想，還是先來請教一些專家朋友吧！但不知為何，也許專家級的人都不屑教這種幼稚的把戲，那一天，詩人問了半天似乎不得要領。只是這一問倒暴露了一項祕密，詩人大概是不怎麼進廚房的。

此事已過了三十年，詩人後來有沒有學會「烹粥大術」，我不得而知。但根據我自己身為人妻的體會，家裏既然現放着勇於「赴湯蹈火」的「廚房人」，身為男士，誰又會笨到自己去下廚呢？——當然啦，現在流行「新好男人」，不過，卻有價無市，極端缺貨，一般不容易嫁到。相對於「新好男人」，大部份的女人嫁到的是「舊中男人」，也就是「舊式的」「不怎麼好也不怎麼太壞的中等男人」。至於嫁到「陳腐壞男人」的也有，那就要自求多福了。

另有一位教授，他有天回家，對妻子和女兒說：

「哎，我們辦公室來了一個同事，他每天穿的衣服都是熨過的呀！」

他的妻子和女兒面面相覷，瞪大眼睛表情奇怪——卻都不說話，他發現不對，才問：

「怎麼啦？」

他的女兒說：

「你，你都不知道三十年來你的掛在衣櫥裏的衣服，件件也都是熨過的嗎？」

當然，家庭熨的衣服不像洗衣店熨得那麼褲縫畢挺，但至少也是平平整整的。只是，三十年來他一直以為衣服本來就是那樣的乖乖順順服服貼貼，自己把自己吊進衣櫥裏去的。

要維持錢鍾書的「天真」和「孩子氣」要付什麼代價？楊絳沒細說，但其過程想必慘烈，足夠消磨壯志、扼殺才氣。

當然，或者有人會嫌我多事，人家夫妻恩愛，礙着你什麼啦？法塔和楊絳，都是自動為丈夫擋子彈的人，你替她們煩什麼呀？唉，法塔我不管，但楊絳卻是個才女，讓才女在亂世中「護寶」而行走江湖，那真須有「俠女的身手」和「犀牛皮般的耐磨度」。但，六十年下來，才女楊絳能讓自己依舊青鋒紫電冰雪聰明嗎？我若是楊絳的老母，可能會一把鼻涕一把眼淚，說：

「唉，女兒呀！你個笨女兒呀！從小，人人不是都誇你聰明嗎？但你那『擋生活之子彈』的生涯，算哪一門子嘛？你也是我千辛萬苦培養出來的才女啊！雖說是為了『偉大的愛情』——但，他不是也愛你嗎？他又為你犧牲了什麼呢？」

也不是什麼大悲大痛，只是一點蝕骨腐心的酸惻，隱隱的，為才女楊絳。

不過，我也不要把話說得太過頭，錢鍾書其實並不算太壞的丈夫，他因留英，擅長用「立普頓紅茶」泡出好奶茶。（英國的畜牧業發達，他們的全脂牛奶真是好喝！）回國後沒有立普頓，他們試着用三合一配方，以湖紅、滇紅和祁紅三者互搭，就此一項絕技，也就足以傳為千古美談了。何況，留學期間，他還曾把自己打理好的早餐托盤呈獻給躺在床上尚未起身的楊絳。這個小動作，讓楊絳一輩子記得——一直記到一百歲。

可是他也常做些煩人的小壞事，例如打翻墨水瓶（楊絳要想辦法洗桌巾），弄壞台燈（楊絳要負責修理），所以，善後者永遠都是楊絳——咦？想不到她居然還會修電器呢！

不過，以上文中所舉的例子，還只是「正常社會」中的「瑣務之折磨」，至於楊絳身處「千古非常社會」，其間種種詭譎險惡的局面，一個女人要如何去對付，真不敢想像！文革之可怕，楊絳沒提，她為錢鍾書擋了多少禍，她也不細說，她僅僅只說了一句：

「文革以後，我就再也不怕鬼了！」

呀，隔着四十年，隔着大海，讀她晚年的這句話，想到曾經有一批成千上萬殘狠恐怖勝過惡鬼邪魔的「人」，仍不勝觳觫——那時候，身為錢鍾書的妻子，楊絳也許開着個「護才」的「楊絳鏢局」呢！

（二〇一六．七）

「你得給我盛餃子！」

寫「男人和女人」的事不容易寫好，因為這實在是個太古老的話題，有多古老？唉！從有亞當有夏娃就有這話題了。

其實，以上我所說的話你也別太相信，這種話，常是二三流乃至四五流的作者說的，第一流的天才是從來不怕去碰觸古老話題的！第一流的天才照國語說，就是「什麼都難不倒他」，用閩南語說，「蝦米攏毋ㄍㄧㄚ」（什麼攏毋驚，也就是「我怕啥呀！我啥也不怕！」），但第一流的作者曠世難逢，我們就常人說常話吧！

不過，我說的「男人和女人」的事可並不指「性事」，砸道之士（「砸道之士」是我杜撰的名詞，相對於「五四」以來的另一個名詞「衛道之士」。「衛道」二字不知怎麼回事，糊里糊塗就變成貶義詞了，如今風行天下令人仰之彌高的已是「砸道之士」）當然不高興，他們會說：

「古怪啊，談男女，而不談性——那還有什麼談頭？」

唉，不是不談，而是比例問題，不管男人女人，一生之中去做「敦倫」一事的時間，加起來決不會多過讀書的時間，或上班的時間，或搭車的時間。就算極好色的人，也不會在性事上用太多時間，人類用在打手機、滑手機或看股盤或煮飯煲湯的時間恐怕要多得多。

中國文字裏畫男人，畫的不是性徵，而是「田」「力」，也就是在田裏提供勞動力的人。畫婦人，也是畫她的工作，一個負責打掃的人。漢字裏畫「男」跟「婦」都省略了「那檔子事」，只談雙方在分工合作方面的角色。我，也就依循舊例吧！

但人類男女既有分工與合作，就不免有勞逸不均的怨言，夫妻或情人之間的煩擾，一般都在工作分配。至於現代男女吵架原因居然是「你都不回我的簡訊」、「你都不安排跟我一起旅遊」倒是古人沒想過的。

好，話歸正傳，來說男人女人，我想從我幼時聽到的一則故事說起。

我小時候，五歲到七歲，住南京。去南京住，是因抗戰勝利了，國民政府還都。離開，是因新的戰爭又起。在這兩年多的時間裏，我第一次接觸到故鄉徐州——並不是我去了徐州，而是徐州不斷有人來我們家住，他們會帶些煎餅、石榴或鹽豆子過來，他們會講土土的家鄉話，他們會說些怪怪的故事——當然跟公主王子無關。

那時代，房子一般小小的，我們一家四口住着已嫌擠，偏又添了個妹妹，加上從老家來了爺爺奶奶和大姐，還有來南京讀書的小舅，實在是塞爆了（奇怪的是，院子裏偏偏另有一個小房子是專留給佣人住的），屋中人口既如此鼎盛，鄉下來的遠親近親也就只好在客廳兼飯廳的地方打地鋪了。他們來南京，或想求職或想走走逛逛，對於睡地鋪也都怡然。我要說的是，他們坐在我家餐廳（晚上，就是臨時臥房），拉起聒來，講些沒頭沒尾的鄉下人的故事……。

有個人家，很窮，家裏就只有兩隻碗，一隻很大，一隻很小。家裏呢，也就兩個人，男人和他的女人（老家的人說「她男人」「他女人」，就是「她丈夫」「他妻子」的意思），平時都是男人用大碗，女人用小碗，女人雖不高興，卻也無可奈何。然後，有一天，他們難得吃上了一頓餃子。女人說：

「今天，我要用大碗，你用小碗。」

男人說：

「行，但是，你得給我盛餃子。」

女人爽快地答應了，說：

「成。」

但小碗實在太小了，只盛得下一隻餃子，女人給男人盛了一隻餃子，男人一口吃了，立刻把碗遞回給女人，說：

「再一碗。」

於是女人再盛，男人再吃……女人再盛……男人再吃……，如此女人的大碗一直空着，她徒然得到一隻大空碗，卻一直忙着給她的男人盛餃子，自己連一口也嚐不上。

後來，那女人到底有沒有吃到餃子，說故事的人好像沒說，聽的人卻立刻都歸納出結論來了，結論是：

「那女人，太貪心了，她幹麼不讓男人用大碗，你看，她白算計了，結果是，她反而啥都沒撈着。」

小小的我，在一旁瞪着大眼聽着，覺得那故事怪，卻沒有發表意見。現在，過了長長的七十年，當年的聽故事小女孩終於弄明了：

做女人，要安於小碗，否則，會倒大霉。

不過，如果，我是故事中的那女人，第一，我會想盡一切辦法，去弄兩隻同樣大小的碗來，去購買、去交換、去乞求、去偷竊、去強搶、去撿拾、去自製……，反正，務必讓家裏的兩隻碗是等大的，至少是相近的。第二，千萬不能答應「替男人盛餃子」的傻契約（看來是小事一樁），你一旦作了承諾，後患便排山倒海而來。

然而，我，或者其他女人，誰做到了呢？

（二〇一六．九）

「我們何不來談談各人的心願？」

「來，今天剛好得點閒，我們何不來談談各人的心願？」

這句話是孔子說的，時間是在二千五百年前，記下這句話的書是《論語》。當日一起參加聊天的人，包括孔子在內，一共只有三個，看來是較小規模、更高階、更私密的對話，於是子路先說：

「但願有朝一日，我有好車好馬好衣服（子路的好衣服當然不是指名牌，而是指保暖實用的「裘」），而且，這些好車好馬好衣服我都不會小氣，我會跟大家共用——就算用壞了，我也不計較不在乎！」

然後，顏淵說話了：

「但願一切做事的人，都能有個做事的樣子，有功有勞都該閉口不說，敲鑼打鼓到處吆喝來稱讚自己，還希望別人一起來按讚，那算個什麼呀？」（嘿嘿，你猜對了，最後兩句是我偷偷加進去的。）

顏淵這段話，讓人懷疑頗有「針對性」，他指的很可能是當時某個令人厭惡的政客的作風。（這種官場毛病，今日兩岸三地難道還少見嗎？可怕的是連老師對校長，或校長對董事會、對教育當局，不是都在誇功諉過嗎？）顏淵為人厚道，那天只「點到為止」，並且「對事不對人」，並不明言在罵誰。

孔子這兩個徒弟，照今人的說法，應是古人早就實施「多元入學」方案了。今人誇功，說成好像是自己發明的。其實試看這兩位學生是如此相懸相殊，兩人全身細胞沒有一粒是長得相同的。他們說出來的心願前後也毫不「搭嘎」，只能說是同門異調，各說各話。

但作老師的卻不插嘴、不置評、不喝止。他只淡淡微笑，只用寬厚從容的眼神鼓勵他們一路說下去，哪怕他們說到地老天荒，作老師的也都耐心聽着。

此時此刻，孔子自己禁不住也想說話了。那一天，就是這段故事發生的二千五百年前的那一天，那是什麼季節呢？會不會是春日初遲的暖暖的下晝呢？或是蟬聲乍沸的六月清晨？或者，落葉槖然的秋日？或者是冬夜爐灰中埋着薯香的安閒歲月？總之，孔子想把話題再延下去。

不過，在孔子說話之前，我很想插一下嘴，孔子原來那句叫學生各自表述的話是這樣說的：

「盍各言爾志？」

翻成白話就是：

「我們何不來各自說說自己的『志向』呢？」

問題就出在「志向」的解讀上。今人說「志向」，好像非指正經的、正大的事不可，例如「立志」或「志業」「志願」「大志」「志在必得」，都是指中學生可以堂而皇之寫在作文簿裏的那種東西。

但「志」在小篆文字上是這樣寫的：「」，更早的金石文的寫法也類同，它寫成「」。要解釋，其實也很容易說明白：志，不是今人以為的「士」「心」，而是「」（之）「心」。

「之」又是什麼？之是「通」「往」「至」「與」之義。要找一句話形容「志」，就是「心之所之」，如果要找一個字來形容，就是「意」。清朝末年的文字學家戴東原（戴震）的解釋頗有現代詩的作風，他說：「心之所注為志。」哇！說得心好像一條長江大河似的，一路流注、灌注、投注、注入……。今人如果想到注，大概只會想到賭博「下注」吧？

總之，「志」不是「剛性字眼」，它是個「柔性字眼」，跟今人聯想的方向頗不一樣。

孔子所說「各言爾志」的「志」其實只是「說說心底的話」，它有點像嗆聲，有點像抱怨，又像囈語，或者，甚至像祈禱。

孔子接着說了，他明知子路魯直，說起話來簡直像江湖大哥，心裏老想着建立起他自己的「大丈夫的個人人格美學」，而顏淵想深植的是「有所不為的人格美學」，是約斂的，「不」標榜，「不」張揚，「不」自我急速膨脹。可是作老師的卻自有其另一番對廣大人世的悲願，他說：

「老者安之，朋友信之，少者懷之。」

翻出來就是：

「願社會祥和富足，讓全天下的老人家，都能獲得身心安頓。願道德在人心，壯年人跟壯年人，在一切的事業往返合作間，都可以坦然互信。願年輕的後生，一想到前人對自己的栽培扶植和愛護，心裏都會忍不住深深感動。」

我們姑且假定那時節是一個冬天的夜晚，姑且假定那夜爐火微溫，而一盆紅炭隱隱照亮師徒三人他們剛剛說罷心願的三張面孔。

（二〇一五・一）

日本故事中的風沙與皮箱

那是四十年前的事了。

L教授，他年輕，剛從法國回來，新拿了博士，他教的課程大家聽也沒聽過，叫「未來學」。哎，這真是怪事呀，我們教書的人能把過去的、已經明明發生且完成的事解釋清楚，已經萬般困難了。這其間，還每每要勞「考古學」和「考據學」的大駕，有時還要跨行跨領域。例如雖然教的是戲劇，卻也要懂點農田水利，知道黃河、泗水如何大改道，農村如何興廢，民俗歌謠〈鳳陽花鼓〉中「十年倒有九年荒」的來歷，皖北一帶如何農村經濟大崩盤，因而有徽班入京的悲壯之舉，也因而成就了後來的平劇……。

而未來呢，我們對未來一無所知，你要跟阿拉伯人訂個明天下午的約會，他答應你之後都會慎重地加上一條附帶條款：

「一切看阿拉的意思！」

言下之意是說，「說不定我明天就有『大行』（指死亡），別怪我不守信用哦！阿拉如果叫我死，我哪能擋得住呢！」

聖經所羅門王〈箴言〉二十七章亦云：

一日生何事
茫茫爾不知
夸夸其言話明朝
莫如謙卑以自持

所以，頗有幾個學人等着看笑話，至少，也有點存疑，有時，甚至也悄悄互相叨上幾句：

「天哪，未來學，這算啥玩意兒呀？」

本來，他教他的課，別人說東說西，都不關他的事。當然，也不關我的事。但是，發生了一件小事情，他來找我去他班上演講——

「我？」我說，「我不懂你的『未來學』，而且，還持幾分懷疑的態度……。」

「沒關係，沒關係，你就直講你對未來學的看法就行了——」

他教書的學校在淡水，以當時的台北市交通而言，單程就要兩小時，好在他的課在城區部上課，離我家只半公里，走路十分鐘即可到達，我就答應了他。

那天下午，我走進教室。

「各位同學，」我說，「我先來講個故事，這故事不是我編的，是一位日本作家寫的。話說日本京都多風沙，於是有個人便想：風沙多，對眼睛不好，想必有許多人會變成瞎子。

「瞎子不好找職業，只好紛紛都跑去彈三絃。

「而三絃的音箱得用貓皮來做，所以，必然會殺許多貓。

「貓殺多了，老鼠便很猖狂，這些為數龐大的老鼠跑到人家家裏，咬壞人家的皮箱。

「所以，結論是，去投資做皮箱，必然賺大錢。於是，便投資了，奇怪的是，皮箱竟然不售，賠了大錢。

「預估未來，不是每一步都按着我們人類有限的推理在進行的。譬如說，風沙大，未必瞎子多。風沙大，可能只是眼睛不舒服，那麼，投資眼藥水就好了。

「好吧，如果瞎子真的變多了，投資做瞎子拐杖也行。

「就算瞎子多，我們也可以投資設立瞎子生計研究所，瞎子未必要彈三絃。

「就算一定要彈三絃，一定要貓皮，那麼，考慮成立貓咪牧場多養貓吧，或者，研發別的代替動物。

「如果老鼠猖獗，那麼，開工廠生產殺鼠藥又如何？或者，發明鼠肉食譜，鼓勵抓老鼠來吃，或者多飼老鷹作為鼠的另一個天敵……。反正，人鼠大戰我想打了少說也有一萬年了。老鼠一胞多胎，天生要比我們人類數量多，如果怕牠咬皮箱、木箱，就生產鐵箱好了……。

「不管就個人而言，或全社會而言，談未來決策，都有點像賭博，賭博第一要算得準，第二要口袋夠深──否則會死得很難看。

「未來學不可怕，但未來學指導起人生就有點可怕。

「唉，所以未來學要研究的跟古代巫覡差不多（得罪，得罪），都是在鐵口直斷未來，而斷未來，常要推個十步二十步，這中間，難免有誤。

「其實，未來學在某些方面也許可以有點準確，讓我們能夠早識先機。但另外一方面卻可能全盤皆錯，連環推敲，更是步步生險。

「在我看來，這門學問運用在自然科學方面也許還算有用，但人文現象千變萬化，哪能說得準呢？

「人類其實很想多知道未來，否則為什麼會有先知、有預言家、有四柱八字、手相面相？每年幾乎都有預言家斷來年之事，每年都有人斷對，也都有人斷錯，大家都想知道明天，但明天哪是那麼容易知道的？你要跟在他們後面行事，那就像日本故事中那位主角人物投資製皮箱一樣注定倒霉——

「好了，說到這裏，我們該怎麼辦呢？我想世上凡學問皆可治，只要你不把它跟吃飯、職業或薪水放一起。而且，只要心懷謙虛，知道這門學問其實也不見得等於救國救民的仙丹。有了這種基本的謙懷，人生怎麼走，都可以是上上大吉的！《易經》六十四卦，六爻皆吉的，只有謙卦。」

這是我四十年前一場小型演講（因為只對一班，約六十個學生），L教授算有風度，當着學生還讚我一番。事後，也沒跟我斷交，還跟我要了那篇日本故事的影本。而我回頭記此事，心中萬般惆悵，因L教授不久便死於癌症。我多麼希望時光能倒流，我能凶凶地罵他一句：

「好了，好了，我知道『未來學』很重要——不過，你最近有沒有好好做過一次體檢呀？」

如果他很聽話，去做了體檢，及時從癌魔手中搶回生命並且活到今天，我很想好好調侃他一下：

「咦，你們未來學大師有人知道柏林圍牆會倒嗎？有人知道美國雙子星大樓會遭自殺飛機撞碎嗎？有人知道蘇聯會解體嗎？共產中國變成了超級資本主義大國嗎？……」

（二〇一七．三）

獨此一人

因為須校對一篇要給香港浸會大學索取的文稿，所以想起文章中的郁元英老先生（一九〇〇～一九九〇）。用他的名字在台灣搜尋，結果竟然找不到。於是跨海去麻煩廈門的林采鳳老師，居然找到了一大堆（雖然其中有些資料是錯的）。更奇特的是他的手稿在網上拍賣，價格不菲。

我認識郁老先生的時候，我二十，他幾歲我則不知。年輕人看老先生，無非就是「老」，至於多老？好像完全沒想到。反正，老人就是老人，老是屬於另一個「國」，另一個「族」的，跟年輕的我們不相干。

文章中我本來想一筆帶過，說他六十歲左右，後來想想，人家浸會大學索稿，我不該如此搪塞，好在現代網路方便，再不查，就叫偷懶了。事實上，回憶中的直覺竟也沒錯，他當時的確就是那個年齡。

我為什麼在郁老先生離世二十七年後又想來寫他呢？原來，他曾跟我同在一個崑曲會中。當時，五〇、六〇年代，崑曲非正式會址就設在陸家——也就是郁老先生的女兒女婿家。正確地址是台北市潮州街八十二巷二十五號，說到潮州，明眼人就知道它的位置，在台北市的東南方。那個家是日式木造屋，屬於電力公司，是陸家分到的宿舍。當然不豪華，但坐二三十個客人不成問題。

但我認識郁老先生還不是因為兩週一次的崑曲會，而是因為他跟我一樣，常去一位汪經昌（薇史）老師（一九一〇～一九八五）的家裏，我去，是因為汪老師每週一次為我講「花間詞」，至於郁老先生也在汪老師家中出出入入，彷彿是為了一些「文學雜務」（例如親手謄抄某些絕版書，用毛筆）。

我叫汪先生為汪老師，是因為他在東吳大學中文系授課，我的確上過他的課。但郁元英老先生為什麼也口口聲聲，稱呼比他小十歲的汪先生為汪老師，我卻不得其解。問汪老師，他也只笑笑，說：

「他要這樣叫嘛！」

最近，因為想要為自己的文章負起「求真」的責任，又去問他的外孫女陸蓉之教授，她的答案也天真質直，她說：

「因為他佩服汪公公呀！說他是『有學問的人』！」

對於「有學問的人」就要如此折節俯首口稱老師嗎？今天的文化部長也未必肯如此禮賢下士吧？

當時中文系的同學，凡對自己的前途有打算的，都紛紛去追隨一位治「聲韻」、「訓詁」之學的教授，當時，那門學問是「顯學」。而我，因性情所近，去師事一位詞曲教授已經夠奇怪了，夠不達時了，至於這位「土老頭」郁元英也來師事汪老師更是令人費解。

說他是「土老頭」是因為他的穿着。他成天一襲淺灰色長衫，頭髮也灰灰的，理成清清爽爽的小平頭，腳下穿的似乎是布鞋，印象比較深刻的是乾淨的白襪子。他因常年一襲灰長衫，讓人懷疑他像弘一大師，總共只有那一件衣服——現在想想不對，他的灰色長衫素樸雅淨，應該是有好幾件輪流着穿，才能保持得那麼整潔。

回憶中最最奇怪的是，他出門不帶包包，只帶一塊方布，裏面包着他的書和文具。那塊布斜折以後打個結拎着，五〇、六〇年代的台北，物質雖不豐裕，但用一公尺見方的布巾做包袱來拎着的人，我也只看過他一個。

郁老先生不太說話，說的時候口氣又有點急，帶着吳音，我實在不十分懂。我一直以為他是上海人，他也的確是從那裏來台灣的——但我不免好奇，上海人說得好聽是聰明靈活，說得不好聽是滑頭，上海人中怎麼會有郁元英這種性格方楞的「土老頭」？

我生平學術成就不大，但「學術性格」中求實的習慣卻已根深柢固。查查資料，答案就出來了，原來郁家是移民，從山東過去上海的，到郁元英已是第三代了，山東人去上海多賣布，郁家以布業在上海創了業、立了足。郁老先生高大挺拔（以那時代的標準），大眼隆準，走路帶風，可算美手儀——而且是北地男子之美。

山東離上海不遠，上海在二百年前等於中國的紐約，是一切尋夢者的天堂。當然，移居的尋夢者未必都順利，張愛玲的小說《封鎖》中有個淪落上海街頭的乞丐就是山東人，他在故事中只有兩句戲詞：

可憐哪——可憐

一個人哪——沒錢

我試用山東話唸一下，真的音韻鏗鏘。

郁元英的祖父郁懷智可謂是人如其名，他投身上海其實是有備而來，他先入學「廣方言館」，讓自己嫻熟英語，畢業後順理成章，進入英商的義記洋行，弄清楚國際布業市場，因而賺到大錢。之後，這個家族便辦了「郁良心堂」，經營中藥，還辦了六所小學，供窮苦人家子弟讀書。

我望之頗似「土老頭」的郁元英，他在上海全盛時期，身邊是常跟着兩位雇來的白俄羅斯保鑣的。

「土老頭」一九四八年到台灣，原打算先過來看看，能不能發展中藥事業，不料從此與母親、妻子，以及十三位子女分別，他當時只帶了兩個小孩，而郁家因好幾代家中人丁單薄，便遵親命在四十歲之前和妻子生了十七個孩子。

對我來說，這位「土老頭」幾乎是「神話式的傳統文化的實踐者」。一九六五年，他輾轉得知母親在上海病故，便在台北哀泣守孝。夜夜枕着磚頭在地上睡覺，如此遵古禮三個月，而那時，他自己也已六十五歲了。

他真是一個令我不解卻深深佩服的奇人啊！這種人，截至目前為止，我也只見過他一個。

（二〇一七・六）

又，「土老頭」有個有名的兒子，名叫郁慕明。他還有個有名的外孫女，名叫陸蓉之。而藝術鑑賞家傅申博士則是他的外孫女婿。

華人和民主之間，有點麻煩

⑴因為有了熱心的朋友所發生的好事，忽然變調……

我的朋友N，是個既正直又熱心的人，她因為丈夫的工作常調差，她也就常在全省各個城市流浪。有一陣子，她住台北，我們因而比較有機會常見面。

她偶然發現我愛吃某種水果，於是當機立斷，說：

「以後，你再別去店裏買了，我就是那個鎮上的人啊！那些果園我全都熟呢！明年，到了季節，我會去幫你訂兩箱品質最好的，產地直送，價錢當然會便宜，你只要貨到給錢就好了，這〇〇又耐放，你會有兩個月的好日子過！」

啊呀！怎麼有這種好事？雖是區區一果，也是難得的因緣際會。後來事情的發展果真如她所說，我有三年之久過着「幸福快樂的日子」。每年，到了當季，〇〇送到家，又好看，有好聞，又好吃，又能感知大地的和朋友的善意……。

可是，好日子很快就沒了，我的朋友一臉尷尬來跟我說：

「對不起，我以後不能再幫你買〇〇了……。」

「咦？怎麼啦？怪不得我今年還沒收到。」

我覺得她的表情裏有太多難言的委屈。

「唉，別提了，你知道，我們鎮上大部份的人都種〇〇，我幫你訂的是種得最好的一家。這事不知怎麼回事被我舅舅知道了，他非常生氣，因為他也有果園。他跑到我家來大吵大鬧，說，自家人怎麼不幫自家人，反而去幫別家做生意，害他太沒面子了。他把我們全家都罵了一頓——他走了，我們自己全家又把我再罵了一頓。」

「哎呀！」我十分內疚，「真抱歉，因為貪嘴害得你們家族不和……。」

「不怪你，而且，也不怪我。我其實也願意向我舅舅訂貨，可是他種出來的〇〇實在太難吃了，差人家差太多了！你是我的朋友，我好心要推薦故鄉的好東西給你，怎能又去訂那種次貨呢？」

從此，這事就不提了，我有點意興闌珊，連每年高高興興吃這種水果的儀式也廢黜了。

(2)你若撞死人，撞死的也是美國人

再來說一個風馬牛不相及的故事。

朋友H，原是某電視台的導播，他因移民美國，決定去考一張國際駕照，但他跟主考官都知道，他的技術是不及格的。可事情忽然有了逆轉，主考官一看他的名字，居然萬分驚喜：「呀，原來是你呀，你導的戲，我都愛看，好啦，好啦，讓你過關，反正你現在人要去美國，去撞死人，撞死的人也是美國人，不關我事！」

我聽了這番話，真是啼笑皆非，只有祈禱上帝，讓他不想開車，免生禍端，隨便大開善門送人駕照，很可能喪別人一命吶！

(3)華人的古怪思惟

這兩件事，都立刻讓我想到華人世界要實行民主制度十分困難，N明明選了最好的水果，但家族卻不容她客觀。她必須恪守「有好處要先照顧自家人」的華人信條。否則，就要掀起驚天駭浪。選賢與能？少鬼扯了，你必須選親戚，選朋友，選咱家叔公喪事他曾前來到場捻香的那位……。至於賢不賢？能不能？誰管那檔子事啊！

而H碰到的主考官，手上有點小權，就立刻耀武揚威，發揮其私權力，雖然並沒有賄賂夾纏，但也是徇私枉法。

如果對「守法」、對「公平」、對「客觀評量」都一概「堂而皇之的沒概念」，這民主要如何實行呢？如果把「暴君」換成「暴民」，就算民主，那先烈先賢的血可是白流了。

民初的學者梁漱溟，認為傳統文化中缺少「個人主義」的尊嚴，如今，「個人主義」是有了，卻是「偽個人主義」，說穿了，只是自私、自利、自是，具有這些「不好的人格特質的人」，哪能好好作個主人呢？一個人如果沒有主人風範，又怎配談民主呢？

（二〇一七・十二）

後記：

我沒說出水果的名字，是為了保護我朋友。台灣小，只要說出果名，你便知道產在何地何方，也就很容易對號出主角人物來了。

「他人生病」和「自己生病」

——兼懷饒宗頤先賢

人會生病，此事不打緊。我把病分成大、中、小三種。小病如感冒，只一週，也許就好了，那礙不了事。中病如騎摩托車，碰斷小腳趾，撐支架三個月，也就大致無礙。大型病比較麻煩，如二期胃癌，或愛滋病、漸凍症、中風、失智，其中有些會致人之命。

我們常人生病，或好了，或死了，是我們一己的幸或不幸——但大人物的病，則會影響一個時代。孫中山如能跟宋美齡一樣長壽百齡，則中國近代史就完全不同。

但使我心生感慨的，其實不是政界人物的病，而是文化界名人的病。

一九六五年，美國卡內基歌劇院要演出《唐尼采第》，女高音豪恩卻生病了。此角原不易演，是個美麗壞女人，殺人不眨眼。應該說，她頗以殺人為樂，最後，不意卻誤殺了自己的兒子。此貴婦毒腸冷肺，幽眉晶目，歌喉則高亢沉鬱，陰鷙詭譎，如今女主角豪恩病了，歌劇院一時不知怎麼辨。不過，歌劇界中從來不太缺「後浪」，西班牙女高音卡芭列立刻取而代之，並且一炮而紅。

男高音多明哥也是因「代位」而大紅。「小咖」人物「乘人之危」而上台，聽來好像有些「勝之不武」。其實不然，「大咖」有病，「小咖」能立刻跳上台去，而且唱得合轍合調，不分軒輊，哪裏會是件簡單的事？這種人是一天二十四小時，一年三百六十五天，每時每刻都在候勤，都在待命，都在說：「我在這裏，我準備好了！請用我。」其嚴肅敬慎處，簡直如聖徒之待耶穌再臨——我們絕對不可用「幸運」來歸類他們。

最近饒宗頤教授以一百零二歲高齡仙逝，讓我想起他年輕時也是以「代課」起家的——當然，他那時已是一個「頗有可觀」的「微型學者」了。

請他代課的是韓江師範，位在潮州——饒先生本是潮州人——我三年前也曾有幸赴此校演講，緬懷前賢，不勝低迴。

饒先生當時年少，代詹安泰（一九〇二～一九六七）教授的課，學生頗不服氣，饒先生身材瘦小，望之不甚有威儀，民初的學生在五四之後常常霸氣凌人，好在經過師長斡旋，先讓饒先生「試教」（當然，那時用的不是這個動詞），其實，這道手續現在各大學也多半採用，我戲稱為「學術相親」。俗話說：「沒有三兩三，怎敢上梁山？」在學院中也是如此，「沒有三兩三，怎敢入學院？」（詐騙之徒，另論。）

饒先生一試之下，因嗓音宏亮，態度誠懇，講解清晰，旁徵博引，且鞭辟入裏，學生轉嗔為喜。從此，饒先生便由「代課老師」起家，堂堂進入學術殿堂。後來詹安泰教授的病好了，恢復上課了，饒先生的地位仍然屹立不搖。

以上是饒先生因前輩之病而遇到的人生第一件幸事——但當然不能全視為幸運，他必須自己先有學問和修為。

饒先生的第二件幸事，也因病，自己的病。當時因中國全面抗戰，國民政府捨不得國之精英，一面抗戰，一面把重要學院都遷往西南去了。有遷雲南的大學欲聘請饒先生，饒先生也答應了，但當時去雲南的路徑十分迂迴，必須從廣東到香港，再從香港轉南洋，再由緬甸折返雲南。

這時候，饒先生的身體卻抗議了，他嚴重腹瀉，臥床三月。可能旅途勞頓，加上營養不良，衛生條件不好，且饒先生其人一向愛惜光陰，很少休息，而當時極端缺乏良好的醫生和藥物，他得的病，似乎是瘧疾。看到他奄奄一息，妻子和家族長輩都出面干預，他於是只好留在香港。

我曾在饒宗頤學術館中徜徉（位在潮州，四層樓，佔地四百五十平方公尺），館外有亭台樓閣，館內有書法繪畫，有位熱心的參觀者為我解釋：

「一九三九，他留在香港留對了！如果他去了雲南，天知道他一九四九逃不逃得出來？如果出不來，說不定就給紅衛兵打死了！他從香港，後來又去了美國，才有今天的成就，說來，都是那場病救了他呢！」

我不曾長期腹瀉，也不太能揣摩腹瀉之苦，只記得一九九一年在北京人民大會堂開會討論簡繁體字之事，當時會中有位權威學者張某，他為自己前兩天沒能出席致歉，說是因為拉肚子。並且說：

「俗話說：『好漢禁不得三泡稀！』那是真的啊！」

我聞此言，頗覺有趣，於是就記住了。

饒先生那場久瀉不癒的病也許害得他形銷骨立、精神萎靡，但卻為全民族留下一個穎悟深思，且極肯用功的學者。這場倒霉的病，雖可說是饒先生個人之幸，也可謂是整個華人世界的世紀幸事呢！

註：一九四六～四九的國共戰爭，易幟的省份大抵都經過大小戰役。百姓觀望一下，自會判斷該不

該跑到港台乃至海外。唯獨雲南，因省長盧漢，有天夜裏做了或云「叛變」或云「起義」的行為，以致一夕變天。饒先生是讀書人，如果早上起床發現已是「毛家天下」，恐怕是一籌莫展的呀！

（二〇一八．五）

忽然，他聽到朗朗的朗讀聲

遠遠地，他走了過來。市集上的人很多都認識他，他姓盧，是個很規矩的小男孩。他沒了父親，母子倆相依為命，他就一心孝養母親。

哦，不對，他已不是男孩，他最近長大了，悄悄長大了，也稍稍長了些筋肉，算是個少年了——而此刻他正揹着一捆支離扒叉的乾柴，氣喘吁吁地走過來，畢竟，他還年少力怯。

仔細看，他的柴很乾，都是撿來的枯枝，而不是砍來的，不是粗大的樹幹。他為人仁慈，不忍傷樹。

在市集上，他找到一個僻靜的角落，把柴卸下來，自己則站在柴後面。看來他不懂吆喝，只靦腆地不知所措地楞站着。

有客人來了，客人像個外鄉人，但不管是本鄉外鄉，柴，總是世人一大早開了門就要用的東西，所以不難賣。客人為人爽快，生意很快就做成了。

「你把柴送到我住的地方——我住客棧。」

少年滿口答應，挑起柴就跟着走。

「聽人家說你姓盧，不是本地人。」

「告知客官，先父是十多年前從北方下來的。」

「你長得倒是像本地人，又黑又瘦小，說話也是本地口音。」

「告客官知道，跟左鄰右舍說慣了，口音也就有點變。黑嘛，是因為常在日頭下幹活。瘦小嘛，是因為家裏窮，老是吃不飽……。」

「你爹，從北方下來，是貶了官嗎？」

「他走的時候，小的才三歲，不懂問。他走了，小的不忍心問寡母，怕她傷心。但，想來是的……。」

「他怎麼走的？」

「是病吧？北方人到了這嶺南，有時會中了瘴氣……。」

「三歲就沒爹的孩子，活着不容易啊——往後好好孝順你娘——」

「客官教訓得是。」

客棧到了，客棧是個奇怪的地方，那裏面住着南來北往的人，他們各自說着各自的方言，居然彼此也都大致能弄明白。放下柴，少年沒轉身——他用非常恭謹的「卻步」（倒退着走）的步伐離開（也就是說，「不以背部對長者」）。

忽然，就在這時候，他聽到一種奇特的聲音，他停步傾耳——是人聲，某間客房裏傳來的人聲，但不是說話，也不是唱歌，而是朗讀的聲音，朗朗然的朗讀的聲音。那聲音非常好聽。至於朗誦內容是什麼，少年完全茫然。

朗誦的聲音他是聽過的，父親以前晨起每會唸誦幾頁書。父親那時已有病，唸誦的聲音也有幾分瘖啞，但記憶中仍覺是好聽的。好聽，是因為唸的人完全相信自己所唸的字句，並且深愛自己所唸的字句。只是三歲以後，父親客死異鄉，這聲音就消失了。那聲音隨着棺木，沉埋在黃土下，但現在，那聲音像一棵小樹，居然從地底又冒了出來，少年聽了，恍如隔世。

但這位客人其實唸得更好聽，他的聲音健旺、宏亮、正派，間亦有幽柔婉曲處，聽來字字背後都有明亮的喜悅，卻也有悲戚和惜惻。街上偶有唱歌的女子，她們唱得也不能算不好聽，但她們一心只想取悅人，只想多得到兩文打賞，聲音便不免媚俗。而這位遠方投宿的客人，卻只顧唸誦自己想唸誦的，他已忘我，卻反而自然，令人悠悠神往……。

好聲音他是常聽到的，去山裏撿柴的時候，滿耳都是松濤聲、泉澗聲、蟲吟聲、鳥鳴聲，偶然亦有山居村婦哄小兒入睡的歌聲。但這位雲外之客的聲音跟他所有聽過的好聲音都不同，怎麼辦呢？少年不知所措，想來這聲音背後一定藏有一個世界，一個奇特不可知的世界——一個自己想都沒想過，夢都沒夢過的世界——只是眼下自己什麼也不能做，只能如江中頑石接受忽來的激流的沖擊，一時六神無主，不知去從……。

「請問，請問客官，那個聲音，是，是，是在幹什麼？」

「有人在唸……。」客棧人多嘴雜，問題立即有人接腔。

「唸什麼？」

「那客人唸的是，《金剛經》。」

「《金剛經》是什麼？要到哪裏去才可以拿到《金剛經》？」

少年其實根本不識字。

「黃梅，你向北走，走到粵北，翻過韶關……。」

「啊，我要去，我要去黃梅……。」少年說。

當下有人看他情癡，慨然拿了十兩銀子出來，讓他安家。少年於是就真的翻山越嶺一路北行而去……。

以上，是唐朝六祖慧能年輕時的故事，地點在廣東。當時，他在客棧中，偶然驚遇那熱人之耳、裂人之心的美妙吟誦。

啊，雖然已經一千三百年了，但那場聽覺的驚豔，是多麼令人羨慕的，生命中既短促又永恆的奇逢啊！

後記：

「香港學校音樂及朗誦協會」年年舉辦朗讀會，辦了有七十年了。他們希望我為朗讀寫一篇文章，我於是想起六祖的故事中幾句動人的朗誦，此事扭轉了慧能的一生，也影響了中國佛教的發展，乃為作敍述如上。

（二〇一八．十）

金庸武俠，我的課子之書

——悼金庸

孩子小的時候，我有點發愁——我說的不是指很小的時候，而是，有點年紀了，那時他十歲了，我的兒子。其實，真的嬰兒期，倒不麻煩，該放進嘴中的奶就放進去，該清洗的屎尿就清洗掉，一切都很順理成章，累歸累，卻不致令人發愁。到一二歲仍然不必愁，他只負責長高長大，我只負責讓他吃好睡好，外加幾個床邊故事。

但是，他們如今稍涉人事了，我兒，和小他三歲的妹妹，作為一個母親，我很難避免不安。

我的不安如下：

說來，我家雖非模範家庭，但什麼勾心鬪角、損人利己的事一概沒有，更別說那些使陰使壞的招數了。孩子就連撒一句小謊，在敝宅中也算是很嚴重的惡行劣跡呢！

在這種兩個書呆子教授之家養大的小孩，正直又善良（這當然不是說別個職業的父母養不出正直善良的孩子），一旦入了社會，碰上邪惡出身的朋友，那明虧暗虧不知要吃多少？

唉，怎麼辦呢？做父母的好像不便教小孩壞心術的「辨識法」及其「防範法」吧？孩子太有「防人之心」則其快樂童年的快樂也就有限了。

記得女兒讀國中的時候，有位老師大概看準她是個好孩子，每天叫她放學後負責拿着試題到學校附近的影印店去印考卷，然後帶回家放着。第二天一早，再把考卷帶去學校給全班同學考試。可能是學校的考卷印量太大，來不及，只好讓店家來印。但，讓一個第二天自己也要考這場試的小孩的臥房中有試卷，這種信任未免過份了一些。

這簡直像叫一隻黃鼠狼口叼活雞做宅配的送貨員嘛！而牠竟然忠心送到，不曾半路嚐鮮，這事有點難呢！而我家小女卻能讓老師放心。唉，家有壞小孩固然令人發愁，家有好小孩也是令人煩愁的啊！

我忽然想起一個好辦法來了，讓他們讀讀金庸吧！

於是，便一面跟兒子提起金庸，一面進行「身教」，把借來的金庸讀得個舐嘴咂舌滋吧有味，讓小孩好奇，我便趁機把《倚天屠龍記》跟他粗講了。終於，他入了彀，自己也拿起書來讀了。這一讀，不得了，立刻廢寢忘食，神魂顛倒。

好吧，我認為，不妨把小孩分成兩種，那就是，「讀過金庸的」和「沒讀過金庸的」。

讀過金庸之後的兒子好像開了竅，不單懂得是非善惡之間微妙的消長，連男女之間不可思議的情癡、俠骨和正氣、權力和慾望，以及不為反有、營求反空等等世間諸相……，都隱隱有些知曉了。

女兒稍小，金庸文字往往稍嫌近文言，但她也跟着哥哥魂遊象外，成為一個小小的俠國子民。

又過了兩年，我和丈夫赴泰北，因為時間有點長，我們決定把孩子也帶着，算是苦澀味道的暑假旅遊吧！

因為山路難行，我兒不知哪裏撿到一截青竹子，便拿在手裏當登山杖，兼作壯膽用（怕碰到蛇），我們戲稱他是丐幫的，所以才會拎根「打狗棍」。

當時同行的還有一位韓定國，他長住泰國考伊蘭，為東南亞「難民營」服務（而我們去的地方則叫「難民村」，是孤軍和雲南少數民族的村子），韓和我兒我女很快打成一片，他們三人當時都有點胖，韓不知怎麼就封我兒為「肥仔幫」幫主，他自己則自稱是「肥仔幫護法」，等要封我女為「肥仔幫副幫主」時，則遭我女峻拒，她認為一旦入了「肥」仔幫，一定終身肥定了。

「咦？」韓問她，「你是幫主妹妹，你不做副幫主，那，你做什麼？」

「我什麼都不做，我只是你們幫主的親戚。」

哎，小小年紀，對人事制度竟能了然於胸呢！恐怕也是讀金庸小說之功吧！

我們見到了駐美斯樂的雷雨田將軍（其實他姓張），他很高興，因為從來沒見過從台灣到美斯樂去的小孩子，那趟旅程，兒子隨身帶的書便是金庸的，若非俠骨豪情，四個人也不會把旅費花在這個地方。

兩週後回到台北，「肥仔幫」少了韓護法，便自動解散了。

以後小孩長大，兒子去了美國芝大，臨行跑到書店買了一整箱金庸全集帶着，想來是供聊解鄉愁之用的。沒料到住定後，華人同學有人發現他手頭竟有全套金庸，紛紛跑來巴結求借，其中有台生也有陸生。我兒一時居然變成芝大男生宿舍裏「中文圖書館的館主任」，並且業務鼎盛，借書率之高十分驚人——雖然這間圖書館只擁有一個作者的一套書。

四十年匆匆過去，我兒如今已屆中年，一談起金庸仍然眉飛色舞，彷彿當年那個展卷披讀的十歲小男孩。而故事中的少年主角才世事初涉，江湖乍入。方其時也，旭日冉昇，垂楊夾道，遠方正有恩待報，有仇待決，有義待全，有淚待還，少年的劍在囊中蠢蠢欲鳴，啊！那少年，那少年，那劍眉星目的少年，那血沸腸熱的少年，他的達達馬蹄正馳過，悠悠古道上，正揚起一片清塵……。

（二〇一八．十二）

「報告鴨子！」

——寫在經國先生去世三十年之際

(1)如果身為好領導，又恰巧很能幽默一下，那真是好事一樁

作為領導——不管是小吃店的老闆，或是一國之君——我認為必要的條件有兩個，其一是誠信善良，其二是智慧和判斷力夠用。但如果再加上兩項附帶條件那就更好了。其一是身體強壯，精力瀰瀰，一個人可當七個人用。其二是善於說笑話或說故事，大小問題，一笑而解。

當然啦，從邏輯上說，會說笑話的未必能做得好領導，而許多好領導也未必會說笑話。但我還是要說，如果身為好領導又恰巧很能幽默一下，那真是好事一樁，但這種人才十分難求。

如果坐上總統或主席寶座的領導，硬是不會說笑話，那，倒也罷了。只希望他或她要小心，不要倒行逆施，竟把自己弄成了個笑話，像古人說的「為天下笑（柄）」，那就不好笑

了。

(2)「哎，真讓我有回到自己家裏的親切感啊！」

當年的美國總統雷根，雖不算很能幹，但說起笑話來倒真是一把手。而且，顯然，都是他自己的創作，許多臨時發生的事，文膽來不及幫忙作槍手。

他有次訪問鄰國加拿大，民眾夾道歡迎的當然也有（民主國家不作興去動員人民，前來捧場做面子，去的人都是自己去的），但示威抗議的亦大有人在。這原是有幾分尷尬的事，加拿大政府莫可奈何。要禁止嘛，妨害人民權益，罪名可大了。這羣示威的鬼傢伙實在像家中的壞小孩，趁着親戚上門的時候亂吵亂鬧，反正大人此刻不便動手打屁股……。這時候反而是雷根總統用幾句自嘲的話解了套，他說：

「啊喲，你們也興這個呀？抗議示威，我們美國那邊，天天都搞這玩意兒呢！不料來到你們貴國又碰上了！哎，真讓我有種回到自己家裏的親切感啊！」（當然，這句話你如果要翻成國粹「賓至如歸」亦無不可，不過，意思就擰了一點。）

這席話，讓加拿大陪同參訪的官員如釋重負。

(3)「唯獨，生兒子這件事……」

中國古代皇帝有幽默感的不多。即使有，肯為之記錄的史家也少見。有則故事，我忘了出處。有個皇帝得了兒子，大宴羣臣，有位臣子說了不得體的話：

「臣，無功而受祿，十分惶愧。」

皇帝笑了，說：

「啊，別的事情，倒也罷了，唯獨生兒子這件事，怎麼可以讓你也有功呢？」

全場轟然大笑，氣氛一時轉為熱絡，雖然笑話有些微黃。

(4)不知為什麼，有些人沒有留下笑話

蔣經國，也是個愛講笑話的人。

而比他早的孫中山和蔣中正也許因為所處的時代太峻酷了，不知怎麼回事，都沒什麼笑話傳世。

孫中山倒是講過一則故事令我印象深刻。他說有個苦力，在上海黃浦江頭，靠着一根扁擔做挑夫，日子過得極辛苦，但他習慣買彩券，讓心裏有個希望。不料，居然中了頭獎，他欣喜

若狂，想着以後的好日子，便把他的扁擔豪氣萬分地給擲到黃浦江裏去了，扁擔當然也就跟着滾滾逝水流向大海。這時，他才想起，糟了，彩券還祕藏在竹扁擔裏吶！巨大的獎金也一併給扔掉了。孫中山是想借此故事說明三民主義中的民族主義是個根本，不可拋棄。我曾看過孫中山的記錄影片，他演講喜歡動來動去，這故事加上他活潑的動作，想必效果十分精彩。

(5)林語堂提倡幽默──可惜提得太早了

林語堂曾企圖在那個時代提倡幽默，他提倡得太早了，結果很意外地竟挨了左派的罵──其實也不算意外啦。

(6)「我買了兩隻縣長！」

回頭來說蔣經國，此人晚年講過一個縣長的笑話，也不知是不是真有其事？有個縣長，很有官威，大家都怕他，他大概也很滿意大家對他的怕。

有一天，假日，他忽然想到，要去一下菜市場，好了解一下人民的生活。一走入市場，遠遠便看到自己有個部下正在買鴨子，部下看到縣長來了，趕快付了錢便往縣長面前跑，趕着來致敬。等跑到縣長面前，立刻立正站好，大聲說：

「報告鴨子！我買了兩隻縣長！」

經國先生勸人要親民，要善待部下，否則，部下嚇傻了，便會說出白癡式的話來。部下是給你疼惜培育的，不是給你耀武揚威用的。為人要和藹可親，這才是個正道理。把別人嚇得緊張兮兮，自己也落不着好處呀！

經國先生去世整整三十年了，久久沒聽到政治人物出來說個好笑話，令人悵惘。

（二〇一九・一）

舞、舞雩和舞之子

——贈給舞者楊桂娟教授

(1)我想看看沂水之畔的那座疏朗的舞蹈之台

山光照檻水繞廊，舞雩歸詠春風香。

這是宋末遺民翁森的句子，說的是四時讀書之樂。翁森距今近千年，翁森這句子裏的「雩」，不是他自己想出來的，而是更古早以前《論語．先進篇》中的話，是孔子的弟子點在孔子指名要他發表「我的願景」時說的。孔子先聽了其他徒弟的偉大志願都不置可否，最後聽到點的發言，才立刻按了個「讚」。

點的心願很低調，只不過跟着一票大大小小的青少年，一起跳到春天的河水中去野浴。然後，一路走回家。路上，有座「公共建築」，是個舞台。這舞台是鄉人祈禱求雨的地方，叫「舞雩」。它高出地面大約二米半，是個四面通風的開放性舞台，周圍則常會種許多樹，所以，不祈雨的時候，是個絕佳的乘涼所在。

點認為，跟着一堆沒有心機的少年，河中浴罷，穿上今春新縫的春衣，跑到祈雨用的舞台上感受春風的吹拂，（啊！想想那些浹髓淪肌的，來自流水、新衣和清風的美好觸覺！）然後一路唱些歌兒回家，此乃人生至樂。

點跟翁森的時代差了一千五百年，但翁森仍然嚮往着那條湛湛清江以及那一陣一陣吹向舞雩高台上的煦煦春風。

——只是，對我而言，我卻別有渴望，我想看看沂水之畔的那座疏朗的舞蹈之台，那個專為「拚經濟」而建的舞雩。年年，為着向上蒼祈求時雨，以足衣食，鄉人在其上誠心獻舞。他們用怎樣的身姿怎樣的眼神，怎樣顫抖而虔敬的肢體向天神切切禱祈？他們的態度想必卑順，因為有所求——但也想必理直氣壯，因為糧食本來就是天下之人共同必須得到的恩惠。這其間，可以有無窮的想像。

(2)人體，加上氂牛尾巴

在都市裏，舞雩消失了，取而代之的是「戲劇廳」「音樂廳」和「歌劇院」。舞不再是跳給神看的，它是跳給市民看的了。而我仍愛着那個字——甲骨文中的舞，它寫成這樣：

其中有點像「大」字的部份其實就等於是「人」。古人造字那時代的思維是，天大地大人大。人，頂天立地，天生就偉大。至於人左右手上吊着的那東西，文字學家認為是氂牛尾巴，用來加強手勢動作。

如果我們把這個舞字當寫實性的圖畫來看，就不難發現中國人（或擴充為亞洲人、東方人）的腿脛相較於歐西之人，可說不太長。我們的舞蹈表情常集中於手臂手腕和手指上，那對可愛的氂牛尾巴則助長了手臂肢體的誇張和揮灑。

氂牛尾巴粗大強壯，舞動起來想必虎虎生風，充滿農業人民的剛健的肌肉力道。

相較於魏晉人物手執白玉柄的麈尾互作清談（哎！而且，由於手指白皙透明，以致手跟白玉柄都分不出來了），則後者只能趕趕蒼蠅，撣撣灰塵。唉！上古舞者揮動的氂尾才是向上天呼風喚雨的大意志力。

(3)古人小孩的「全方位教育」

古人小孩上學，家長不必另外送孩子去才藝班學芭蕾，學校課程中就包含了這一項，《禮記・月令》篇中提到：

入學習舞

聽來令人羨煞。

古人成語中還有個「舞勺之年」（出於《禮記・內則》），指的是十三歲，因為十三歲（等於現在的十二歲）先學「初級班的舞勺」。等到「高級班」，學的叫「舞象」，加上射御。

別瞧古人不起，古人也很懂「全方位教育」呢！（不過，順便說明一下，古人的小孩教育並不是全民的，受完整教育的是貴族子弟，其他的家長要自己想辦法）。

⑷跟動物差不多的行為，恐怕是更好的

年輕的時候，常以為既然「人之異於禽獸者幾希」，則這個「幾希」十分可貴，值得去努力追求。所以，彈鋼琴是好的，背唐詩是好的，練書法是好的，去考大學當然也是好的……，因為這些高雅行為，動物都不會……。

不過及至老了，回頭一看，跟動物差不多的行為，恐怕是更好的。例如小鳥懂得正常作息，懂得什麼時候該起床，什麼時候該睡覺。穿山甲懂得用鱗片保護好自己。大老虎懂得辛苦覓食來餵小老虎……。動物跟人類類同的行為，好像更應該去好好效法，這叫「禮失而求諸（之於）野（獸）」吧？

我在《列子》一書中看到「瓠巴（古代音樂家）鼓琴而鳥舞魚躍」，覺得極美極懾人。其實，不用音樂，公鶴自然就會跳舞給母鶴看。跳舞，是人類幾乎要失傳而動物尚懂得的美學。

但願未來的新人類少玩手機多起舞，身體的，和心靈的。古書中有「舞人」和「舞子」這類的字眼，但願「智極反笨」的世人能恢復自己成為舞之人、舞之子的身份。今日的舞之子也許不再求雨，只求有另一番自己，能從習見的日常的身體中蹦出來，蹦向風，蹦向海，蹦向掀

着歌聲而遠跨長空的虹霓。

（二〇一九．二）

「給我一個西紅柿！」

「給我一個西紅柿！」
說話的，是一個小男孩
他攔在山村的小路上
不是哀求　不是乞憐
更沒有語帶威脅
他只是一個五歲的小男孩
剛掉了門牙的童音
聽來有幾分空洞癡騃
「給我一個西紅柿！」
可是，行路的人，出門在外

誰又會身上剛好帶着　一枚番茄
所以，他兩手空空
風裏　雨裏
始終沒討到那枚　番茄
「給我一個西紅柿！」
鄉間的小路上
暗暗的月影下
他的臉色枯淡——急待——
一枚西紅柿來為他的兩頰
添點血色

啊，小男孩　小男孩
我有番茄
紅豔圓轉　滴溜可愛
我有番茄

酸甜粉嫩　斗量車載
然而幽明異路　我不知要如何　捎帶
山長水阻　誰能幫我拎去　番茄一袋
誰能蹲下身來　把一枚番茄
為小男孩親手掰成　兩個小半塊

呀！小男孩　小男孩
那麼小的小男孩
其實魂魄無胃納
如今應該　吃喝不再
吃喝雖不再
我此刻所能做的　似乎也只是
拉着你的小手
陪你在路邊　徘徊
一同向來往的行人　告哀

請問
大叔　大嬸　爺爺　奶奶
你有沒有　你有沒有　一個西紅柿
可以送給這一個　這一個　小小孩
小小孩　他對人世還不解
小小孩　他只覺事態太奇怪
為什麼只吃了一口番茄　就成了鬼
小小孩　做鬼也餓壞
過往南北的仁人君子啊
可以嗎？可以嗎？捨一個西紅柿
捨一個西紅柿　給這小小孩
一個西紅柿　沒有灑過農藥的
吃了不會死人的　那種西紅柿
你有沒有　如果有
給他吃一口

他就會甘心離開人間　往天堂走
啊　小男孩　小男孩
不知自己早已是鬼身的　小男孩
站在多風的路邊　耐心等待
等吃一顆生前沒吃到口的
純潔無毒的　西紅柿的
小男孩

後記：

他是個小男孩，姓林，六歲，家住河南，啊，那是二十多年前的事了。

他跟父親去鄰村走親戚——親戚家種了西紅柿，他摘了一個，攥在手心裏，然後跟着父親回家。父親騎着自行車，小男孩坐在後座，可是，在一個路口上，小男孩卻跟父親說：

「爸爸，爸爸，有個小孩跟我要西紅柿！」

父親覺得奇怪，停車四顧，卻不見人影。於是又跨上車，繼續走，但小男孩又說話了：

「爸爸，爸爸，他還是跟我要西紅柿！」

爸爸一怔，說：

「哦，那，你就擲給他吧！」

回到家後，父親向鄰村的人打聽，知道那地段埋着一個夭亡的小孩，小孩死了好幾年了，當年是吃了含有農藥劇毒的番茄死的……。

自行車上的小孩跟野墳中的小孩我都沒見過，是從一本朋友送的書上看來的，那本書叫《身體的鄉愁》，這篇文章他是用記實的方式寫的。

故事說到這裏，聰明的讀者會說，噢，原來說的是個鬼故事——而且還是個不起眼的小鬼。

但我卻不認為那孩子是鬼，他只是一個「番茄精靈」。孩子死時太小，語彙不夠豐富，他只會傻楞楞地說一句：

「給我一個西紅柿！」

當年他本來打算快快樂樂吃一顆鮮紅的西紅柿，他不明白為什麼一口咬下去，自己就死了！唉，爸爸、媽媽、爺爺、奶奶、大叔、大舅，能換一顆給我嗎？純潔無毒的，受大地祝福的番茄。

唉，那小小的無害的「番茄精靈」，站在路邊，其實是在佈施，佈施他的悲憐故事啊！他想說的是：

世人啊，別再毒了，土地毒死了，蟲子毒死了，我，也遭你們毒死了，你們，遲早也會給毒死。我這種「遭人下毒」是「快毒」，你們「遭人下毒」的是「慢毒」，兩個結局都是叫人死。然而，不毒，可以嗎？不毒大地，不毒蟲，不毒人——我們真的回不到一百年前去了嗎？一百年前，人類不受化學毒藥殘害的生活，就這樣沒有了嗎？

「給我一個西紅柿！」

站在路邊，他不斷地提問，那個小孩，那個小小孩。

（二〇一六・十二）

唉，我的小妹子

——寫給赤縣神州黃土地上荷鋤兼荷筆的女詩人，知名的，以及不知名的

(1)

啊　小妹子　小妹子
我的好小妹子
一早上，也不怕日頭忒大
你蹲在田壠上幹什麼？

(2)

我在掐花

今天早上才開的三朵
黃豔豔的玫瑰花
可真還不好掐呢
它偏偏長在一蓬荊棘底下
等到明天，它就不好了
我得趁今天把它掐啦

(3)

哎喲　我說小妹子　小妹子
我的傻小妹子
你都不怕疼嗎？
這玫瑰明擺着長在荊棘叢下
皮破血流難道你都不怕？

(4)

唉，怕也是怕
要殺　要剮　都由它
但只要人不死　傷口總會來結痂
而且，這朵玫瑰花
它分明就是我的
我可不要它遭風吹雨打

(5)

這朵玫瑰生來該咒該罵
是玫瑰就不該廁身荊棘叢下
是玫瑰就不應自貶身價

(6)

哎呀呀
不是玫瑰倒霉生到荊棘裏去
而是荊棘有幸
居然抽長出玫瑰花來

而且，還讓我剛好有幸看見它
我就想跟它相依相偎　帶它回家
從此　我就有一張給玫瑰花
摩挲過的不老的臉頰
從此　我就有了一肩讓玫瑰花
薰香過的不凋的青髮

(7)

唉　小妹子　小妹子
我的白癡小妹子
你你你
你掐什麼朵來　摘什麼花
我勸你把自己的命運來算掐算掐
三朵玫瑰花值個什麼價
你只要隨便對哪個男人拋媚一笑
他就會送你玫瑰花一大把

(8)

呀，
姐啊，姐啊，你　罷——罷——罷
天地自來夠寬　夠大

笨　且由我來笨　傻　也隨我去傻
我就是要掐下這三朵不容易掐的玫瑰花

美麗高貴的戴安娜
披着雲絮般的白紗
去把大英帝國的王子來嫁
和她相比　一個蹲在鄉間田埂上的
一心想掐花的
女鄉巴
哪一個更笨
哪一個更傻
哪一個更瞎
哪一個更被命運踐踏
哪一個更遭劫數打到趴

(9)

哇！

(10)

哇！

(11)

你看你看，你這小妹子不聽話
白搭我說得口乾舌麻
總有一天教你戳到十個指頭都是疤

(12)

就算全身是疤，我也沒在怕
鮮血滴滴　滲地而下

也自是另一朵沒人能解釋的奇葩

後記：

L帶我去配眼鏡，在成都，店家說三個小時以後可以取貨，L於是建議我去她朋友開的小茶館去喝免費的茶。

茶館是M的，賣茶兼作設計工作室，那天閒聊了一下，眼鏡也就好了。在這段時間裏我跟L談及湖北農婦余秀華的詩，她說，甘肅還有個汪彩明呢，這些女子，像土豆，她們自己把自己從泥土裏掘了出來。

隔天，因參與「民國先生博物館」的開幕，我有安仁古鎮之行，旅邸靜夜，遂成此詩。這詩，用以向遠方的我所不認識的女詩人致敬。

詩中選用ㄚ（a）韻（讀作「啊」），我想這是人類最樸素最古老最土腔土調的一個韻腳吧？又用了一個北方人口語中的「掐」字。今人（特別是南方人）常以為掐是「掐人」，其實這個動詞的受詞應是物，而工具則是大拇指的指甲，例如「掐菜」。有些人專愛挑好物來自我享受，被形容為「專愛掐尖子」（指截取幼嫩精粹的部份）。張可久的元曲中竟形容新出的月牙兒為「月半掐」（只有指甲可以掐出彎鉤狀，刀子是切不出月芽兒來的）。

至於命運和「掐算」之間的關係，則是因為舊日「算命」常屬瞎子的「保障職業」。他們以拇指來按鍵，按在自己其他四根指頭的十二個指節上，去細算天干和地支，並算出別人的命運和流年。手，就是他們的隨身攜帶的小型計算機。

全詩儘量口語化，適合朗讀。

（二〇一七．十一）

輯二／請看我七眼，小蜥蜴

回想——我愛上一個傢伙

我愛上一個傢伙，這件事，其實並不在我的計劃中，更不在我父母的計劃中。只是，等真相畢現的時候，已經來不及了。

這傢伙的名字叫做——文學。

九歲，讀了一點《天方夜譚》，不知天高地厚，暗自許諾自己，將來要做一個「探險家」，探險家是幹麼的？我哪知道！只覺這世界有許多大海洋，而東南西北許多大海洋中有許多小島，每個小島上都有巖穴，巖穴中都密藏着紅寶石或紫水晶，然而，我很快就想起來了，不行，我暈船，會吐。

然後，我發現，我愛書，只要不是教科書的書，我都愛。當然啦，教科書也得看看，否則留了級可不是好玩的，那年頭老師和父母都沒聽說過世上竟有「不准體罰」的怪事。

母親希望我學醫，她把書分兩類，一類是「正經書」，就是跟考試有關的。另一類是「斜撇子書」，那就是什麼《賣油郎獨占花魁》那種。

有後輩問我讀書目錄，天哪，那是貴族的玩意。我十一二歲時整個社會都窮，一個小孩能逮到手的就是書，也不管它是什麼路數。一切今的古的中的外的，只要借得到手的，就胡亂看了——然後，我才知道，我愛讀的這些東西，在歸類上，叫文學。

喔，原來，我愛上文學了。

十七歲，我進入東吳大學中國文學系，這間大學的文學系比較側重古典文學，我居然選不到「小說」課，因為沒開。有位教授本來說要開的，後來又沒開，我跑去問他，如果開，教什麼？老教授說會教《世說新語》。那位老教授名叫徐子明，終身以反白話文為職志，曾有「陳胡（陳指陳獨秀，胡指胡適之）兩條狗，『的（讀ㄉㄧ）』『嗎』一羣豬」的名句。

我只好自己去亂摸索，在系上，「文字學」「訓詁學」是顯學，我卻偏去看些「敦煌變文」及「宋元雜劇」或「三言二拍」，照我母親的說法，這些也都屬於「斜撇子書」，上不得臺盤。有機會，我也偷看魯迅、錢鍾書和冰心，看禁書別有令人興奮的意味，但我覺得比較耐讀的其實還是沈從文。

我自己也開始寫小說，並且在六〇年代，東吳中文系終於開了小說課程的時候，我是第一個去教小說的講師，一教便教了三十年。那時候，課程名稱叫「小說及習作」，卻只有兩學分，只開在上學期，我必須講古今小說，還要加上分析並討論班上學生的作品，時間真不夠用，後來才加為四學分。

我自己的小說寫作，難免有一搭沒一搭的。然後，不知怎麼回事在一般人心目中，我便成了散文家了。其實，我也喜歡小說和詩歌的。

有一次，有個朋友，名叫陳鼓應，託人傳話給我說：

「你是有才華有思想的人，不要浪費你的時間了，應該去專心寫小說。」

咦？我忍不住笑了，散文是留給沒才華沒思想的人寫的嗎？

我既然愛上「文學」那傢伙，就愛它的方方面面，所以，連戲劇連兒童文學乃至文學評析都愛。

但我最常寫的卻是散文，後來回想起來，發現理由如下：

六〇年代在台灣寫現代詩和寫現代小說的作者，必須半文半武。換言之，他們只能拿一半的時間去寫作，另外一半的時間則用去打筆仗。光為了兩條線，究竟該作「橫」的移植，還是該作「縱」的繼承，就吵得不可開交。詩界吵得尤凶，詩人似乎容易激動，就連出手打架的事也是有的。那時大家年輕氣盛，覺得詩該怎麼寫，豈可不據理力爭！這是有關千秋大業的事呀！好在，這些都跟政治無關，只是純鬬嘴。當然，鬬得厲害的時候，有人竟從明星咖啡屋窄窄的樓梯上滾了下來——好在當時大家年輕，沒聽到骨折那種事⋯⋯。

到七〇年代，版畫家李錫奇有次說了一句發思古幽情的話，他說：

「我們從前，吵來吵去，都是為了藝術。而現在，大家各自去開畫展。見了面，不吵了，反而只是互問：

『哎，你賣掉了幾張？』」

他說着，不勝唏噓。

我聽了，也不勝唏噓。

他說這話的地點在「我們咖啡屋」，這間七〇年代所開的地近台大的咖啡屋是我掛名為董事長的，事實上它更大的功能是兼作「文藝沙龍」。

我生平很煩吵架，連聽別人吵都煩。打筆仗，也須鬭志。我這人缺乏跟人吵架的能量。像魯迅那麼愛跟人吵的人，在我看來真是既無聊又小器，已經近乎「沒出息」了。

我看不順眼的事，頂多酸酸地挖苦幾句，便走開了。叫陣的大嗓門我是沒有的——雖然，後來，我以「可叵」來「變臉」，寫過些雜文。

我不想捲入爭鬭，不知不覺就去寫了被陳鼓應視作沒才華沒思想的人才會去寫的散文。

應該這麼說，當年的「詩」、「小說」、「繪畫」，是在「激辯」和「激鬬」中摸索出他們的「現代化文藝」的「打球規則」。而「散文」和「舞蹈」則是沒費一兵一卒或動一干一戈，自動就完成的。散文界不吵架，大概跟「散文家性格」有關，舞蹈則跟「林懷民的強」有關。他七〇年代才回國且出道，一曲《介之推》（其實，是叫《寒食》）跳下來，誰能不側目？仗不打自贏——但古典芭蕾也並未因此消滅。

可是話又說回來，躲着小說和詩是一回事，小說畢竟是文學的一個面目，我其實也挺愛它的。而且，我的小說作品雖不多，我的散文、我的戲劇和我的詩、我的兒童故事、我的講演……，在在都充滿小說中的敘事手法，我其實是個愛說故事的人。

電影《芭比的盛宴》中的男主角向他一度愛慕卻一別三十年的女主角說：

「這些年來，我沒有一天不在想着你。」

沒寫小說，或說，沒太寫小說，不代表小說沒在我心裏。

「烽火連三月，家書抵萬金」，誰能說它只是一句唐人的近體詩呢？其中豈不藏着一位好導演可以拍上兩小時的情節嗎？

文學世界裏的價值是可以互相兌換的，像黃金可以換珠寶，珠寶可以換現金，現金也可以換支票，支票可以換成提款卡，形式不重要，重要的是，它價值多少？

後記：

有人要我說說我三十歲左右的文學生涯，不知怎麼回事，我寫着寫着，竟寫成了一部私密的文學戀愛史了。

（二〇一八・九）

談到寫作，最重要的是——

二十年前，有個外文系出身的女博士，剛從美國學成回來，她問我一個常有人提起的問題。

她說：

「寫作，最重要的是先天的天份呢？還是後天的努力？」

她問的問題很簡單，而且，我怎麼答也都不能算錯。但我卻覺得要好好回答可也不容易，這有點像問人：

「要活着，吃飯重要，還是喝水重要？」

當然喝水重要，因為三天不吃飯死不了，但三天不喝水，或者，至多熬到四天吧，人就完了。

但是只喝水不吃飯，除非，你身秉特異功能，否則又能熬幾天？

如果有人用上面這個問題問我，我一定會作如下的回答：

「這兩個都重要——不過，要活着，最急的不是食物，而是空氣，你缺氧幾分鐘就掛了！其次是睡眠和水。」

那天，我也循着這條把話「轉向第三方答案」的定理，我說：

「你問的兩件事都重要，但都不是最重要的條件。」

「那麼，最重要的是什麼？」

「是Passion！」

因為她剛從美國回來，嘴裏難免夾些英文，我也就說了一個英文字。

Passion 這字要翻成中文好像不是太容易，翻「熱情」，翻「激情」都對。此外，它也有宗教上的意涵。但我覺得用在文學方面，「癡狂」兩字或者更傳神。

當然，話又說回來了，搬出 Passion 這答案，我並不算「顧左右而言他」。但要驗證其人之癡狂與否，只要看他是否經常不吃不睡不應酬不想錢而只專注於創作。

受苦多，報酬少（甚至沒有報酬），這豈不就等於「用功類」或「努力類」——所以說 Passion 雖是內在的燃力，但一定會表現於外在的勤奮上。

而這番受苦，常人是絕對耐不住的——能耐得住的那人想來一定從那些磨難中得到極大的喜悅，所以甘之如飴。

而這份「甘之」，你或者就可以直截了當稱它為「天才」或「天之秉賦」。

曾有位音樂小神童，幼時練鋼琴，彈到手指發熱紅腫，於是，停下來，把手浸泡在鋼琴旁邊的水桶裏，水涼，浸到手指不再疼熱，便繼續再彈下去。

這其間，小男孩也許性格上堅忍卓絕，但他小小的耳朵裏，必然能分辨，那天下午自己彈得比那天早上「好太多了」的那一點差異，這事會令他喜悅，這個能比較出高下的耳朵，便算是天份了。

所謂天生之才，所謂努力以赴，所謂癡狂如醉，他們之間的分別原也不十分清楚，測ＩＱ容易（其實也不太容易），要說文學秉賦，就很難測試（雖然也不是完全測不出來）。

「常人如你我，」我對來人說：「只好相信自己還『頗有幾分才』，並且努力維護此『才情』（才情一詞，頗耐人尋味，卻很難翻譯，可說成『才份加真情』，亦可說成『才份加熱情、激情』），總之，中文很少說『才』（也有，例如『才子』、『才女』、『才高』、『才拙』），要讚美人，與其說『此人有才』，不如說『此人有才情』、『此人有才華』、『此人有才氣』、『此人有才具』。但我認為『才情』也像一切的『情』，要好好地『維護』，『維護』了才情，加上你剛才說的『後天努力』，套句文言文常愛用的句子，『則庶幾矣』，也就是說『就差不多了啦』！」

「為什麼說『就差不多了』呢？為什麼不說『一定馬到成功』？」

「哎，你說的，是『美式廣告詞』的語氣，大力水手吃了菠菜，就立刻無堅不摧，俊男開了台新車，美女就一定投懷送抱。但一個有才情又努力的人，能不能成為好作家，寫出好作品，並且廣受歡迎，甚至能傳世，天哪，這卻說不準呢！」

「喔！」新博士像是明白了，又像是更困惑了，「你是指，要把『命運』因素也加進去嗎？」

「哦！我不談命運，因為這件事太難談，我也不懂！但我要聲明，我說的不是一般人說的『個人命運』，個人的生辰八字或紫微斗數那些——我說的是時空，是那整個時代加整個地域。如果時空不好，你連活都活不下去，就算活着，也活得不成人形，要奢談文學創作這件事，就難了。」

「對了，你剛才說『才情要維護』，請問『才情』是可以『維護』住的嗎？」

「我認為可以，但不容易，人要天真要純潔，不要市俗市儈，卻也不是幼稚不諳世事。要善良要認真，但也不是老好人，必要時也要跳起來罵人！才情很可能因為年紀大了，現實了，江湖了，老油條了，麻木了，就消失了——所以，要自己小心！」

年輕的女學者稱謝而去，後來二十年中，在某些場合我們也會偶逢，她不再追問我這個問題了，也許她對我那天的回答已了然於胸——也許，她已另外追索到更好的答案，我就沒再跟她談起這事了。

（二〇一八．十一）

我愛聽粵語

久久沒聽到粵語，心裏就難免會有那麼一點小小惆悵。粵語又怎麼啦，難道它令人上癮？唉，粵語不怎麼，但它字字鏗鏘，如金石擲地，句句如裂帛之了斷暢揚。一堆廣東人說起話來，直覺如千軍萬馬環伺，又如聞打擊樂團，鑼鼓鐃鈸一大堆，豁然一聲大作，既壯觀又壯聽。其間中原地區失蹤了八百年的屬於古漢語的入聲字一粒粒蹦出來，稜角分明，令人驚豔！

我父母的語言裏沒有入聲，但說起話來卻也歷歷分明到近乎咬牙切齒。我的祖籍是徐州，我平日也不說徐州話，只在有必要的時候端出來亮兩下子。我的子女則半句也不會說，這事等我乍然想起，兒女則早已過了三十歲，很難再學「母之語」了。唉，其實，印象裏，那早已是他們外公外婆的語言了。早知如此，當初應該找個同鄉來下嫁。這話今天說，聽來有點像自大，像是自己條件多好，愛嫁誰就可以嫁誰。不過，孰不知五十年前女生行情俏（由於那時代的異常大遷徙，忽有六十萬男丁入台），女孩子幾乎可以想嫁什麼人就嫁什麼人。

如果嫁了同鄉，就可以天天在家裏說老家話，久而久之，小孩自然會說。但既嫁了湖南人，則他家的長沙話不傳，我家的徐州話也不傳，也真算是一憾。

在香港的廣東人真是得天獨厚，他們比在廣東的廣東人更大剌剌地享受着他們自己的「語言權」，在廣東的廣東人六十年前就已經乖乖地學起普通話來了。在台灣的廣東人則只能在「同鄉會」裏逞「一時之快」，在香港的廣東人卻一逕大聲地說着孫中山說的話。在香港，比較可憐的是客家人和潮州人，他們的語言不斷跌停板，比英語的氣勢還不如。連帶的，港九的客語教堂和潮語教堂也都受些影響。

唉，扯遠了，咱們回過頭來再說廣東人和他們的入聲字吧！

廣東人說起入聲字來不費吹灰之力，不像「說」出來的，倒像從口腔裏自己蹦出來的！他們連說三個「得！得！得！」像機槍上膛，連射連發，理所當然，沛然莫之能禦。當然啦，你千萬別拿趙元任的什麼「施氏食獅史」去煩這些南蠻子，否則你就準備聆聽一曲《耳朵受難記》吧！你自己白目（閩南語，指「不識相」）惹來的，怪誰！

廣東人的舌頭不是用來發捲舌音的，連「舌頭」兩字，他們也唸成「協逃」呢！

除了發音，廣東人特別忌諱同音字，大概古時候認字的人不多，人際溝通憑的是耳朵而不是視覺，聽來好聽的字，如「橘」，就有等同「吉利」的身價。反過來，如果你去市場買豬舌牛舌則一律買不到，「舌」的發音和「蝕」一樣，人家正吉利地做着好生意，你怎麼可以說什麼蝕本的鬼話呢？那——如果不叫「豬舌」，叫什麼？當然是「豬脷」啦！廣東人是最早發明「一切拚經濟」的族羣，比鄧小平、阿扁、馬英九都早得多了。

依此類推，豬肝也不是好字眼，乾肝同音，乾巴巴的可不好，當然要改為「豬膶」，這事大家同聲同氣，不需有什麼立法院來通過。你若過年時節在粵菜館看人家賣膶腸，應該知道，那就是豬肝加肥肉做出的美味香腸了。

廣東人又忒愛造字，字典上有時也就默認了那些創造，例如人工水塘叫氹，字典上說它讀作「泔」，而泔的注音是「干」或「漢」，但在生產此字的廣東，讀它作「潭」（尾音收m），此字造得不錯，看來是一片大凹陷的池子裏貯着滿滿的水。

不過，廣東人其實還有更「得意」的自創字，但廣東人說的「得意」，跟「春風得意」那種真有所獲的名利方面的「實質得意」不同，粵語的「得意」指的是「得其意趣」，近乎「得趣」，比較高雅。當然，如果有嬌嬌女說「幾得意 vol！」，則其意又近乎「多麼可愛哇！」，略等於台灣女孩說「卡哇伊－捏——」（日文「好可愛喔！」）但日文畢竟是東洋話，以後有空再來說它，此處且按下不表。

廣東人造的字中更「得趣」的字是什麼呢？例子說來極多，我且舉兩例，其一是「奀」，其二是「喬」。根據辭典上的說法（辭典又是根據一本叫《觚賸》的書），前一個字讀作「茫」，後一個讀作「蟹」（上聲），但後面這字現在已沒聽人在說了，故沒法求證。前面那字現代港人讀作「恩」（收m音），不知是書錯了，還是港人錯了。我相信應該是書錯了！這兩字前一字是指人「瘦小」，後一字指人「矮小」。此事說來十分幽默，港人只承認自己「不胖大」——但我可並不瘦小。當然也不承認自己矮——我只是「不高」而已。

知道我對「奀」字有興趣，朋友便推薦我去「麥奀記」吃雲吞，想來這位百年老店的創始人當年就是個小瘦子。我於是真的跑去了，為了「麥奀記」那塊有趣的招牌。味道嘛，也算不俗，我且學會了一句「奀挑鬼命」的罵人成語，可惜一直沒找到可罵的人。

春天，我會想南京的野菜馬蘭頭、薺菜、菊花勞、蘆蒿……，秋天則唸着杭州的香榧子，台灣最香美的味道來自七月的芒果，但此刻，在靜靜的夜裏，我想聆聽的是熱熱鬧鬧自成一「墟」（粵語，指「熱熱鬧鬧的趕集」）的廣東話。

（二〇一五・二）

趨

那天，二千五百年前，鯉，孔子的兒子，在家裏，在庭院中，狹路相逢，遇見他老爸。他就低着頭小跑步閃過去。《論語》裏用的動詞是「趨」，「趨」是那個時代晚輩對長輩或卑者對尊者的「標準動作」。（鯉倒不是為了躲他老爸啦！）因為大搖大擺或晃來晃去都是不對的，而小跑步的「潛語言」是：

「你很大，我知道這裏是你的領域，我，不好意思，撞了你地面，我本不配和你一起出現在同一時空。不過，你放心，我會很快就在你面前消失的！請把我當作一隻無害的小老鼠吧！」

除了碎碎的小跑步，其他附帶的外觀是羞赧的，彷彿小孩剛做過小壞事似的表情，低眉，一抹比「微笑」更「微」的「小微笑」，內斂的，收縮的、略感抱歉的、不知往哪兒放的四肢……。

這些動作，加起來，叫「趨」。但你去查字典，是查不懂的，字典是好東西，但失之「楞」，它只會告訴你：

趨，走也，從走芻聲。——《說文解字》（古人的「走」其實是「跑」的意思，閩南地區的語言猶保留此義。）

但，那算個什麼解釋啊！

當然也不能一竿子打翻一船人，眾辭典中有一套中國大陸編的《漢語大詞典》，倒是在多條解釋中有此一條：

「古代的一種禮節，以碎步疾行表示敬意。」

我敢說，如果有位華人導演，指定一個十八歲的華裔青年來做這「趨」的動作，則這位華青無論來自香港、台灣、上海、廣州、吉隆坡、馬尼拉或洛杉磯，他都會做得荒腔走板，連着NG十次都沒辦法完成……。

當然，其實，很可能，很不幸的，導演自己也不會做這個動作——而且，搞不好，他連世上曾存在過這樣一個動作的事也不知道……。

什麼時候，華人連自己的動作也居然不會做了——可是，你若叫他去「聳美式肩膀」，他倒挺內行的。

我認識的明星不多，不過，如果我是導演，我大概會去指定韓國的大長今來做這個動作。哎哎，這是什麼話呀？華人都死光了嗎？怎麼全是韓國人的天下？「三星」遍世界也就罷了，怎麼華人連個「趨庭」的動作也做不來了？我們的動作竟從我們祖先遺傳的身體裏離奇地出走了？我們滿世界去撿別人的肢體、別人的動作，而我們自己的肢體語言卻消失了！

但我說大長今適合示範這個動作，那話是瞎扯的。李英愛其人雖穎悟，她的眉眼五官之間雖蘊含古代中國女子的約斂之美，但「趨」的動作卻不是她該做的。她就算做對了，也不十分對盤，因為這動作基本上不是女人的動作，它是男人的動作。

古代婦女的生活裏雖充滿了「敬語」或「敬動作」，但「趨」這個「敬動作」卻不屬於女人，它是男性權力世界中一項小小的、卻十分重要的運作規則。它不單屬於男人，而且，相對而言也比較是「檯面上的男人」才玩的或「被玩」的動作。換句話說，這簡簡單單的一舉手一投足，你若身為女人，還真不配做呢！媳婦對婆婆，或者勉強啦！

孔子偶然也對低卑的人或年輕的人做這個動作，那是在特殊場合，說白了，就是碰到喪家和殘障人的場合。死亡和殘障本身並不偉大，但看到承當此苦的人卻令我們心中惻然肅然。好手好腳或好命的人，心理上似乎應該要對受苦者存三分歉意，「敬動作」於是不知不覺便做出來了。

「趨」這個字形在甲骨文文獻中是沒有的，金石文也沒有，要待到東漢的《說文解字》的小篆才看到。

當然，《說文解字》等於是字典，它只負責歸納前人的字，並不是說「趨」字自此書完成才開始使用（其實，《詩經．齊風．猗嗟》裏已有這個動作）。而且，我說甲骨文沒有此字，其實也不準確，因為指的是此時此地尚不知甲骨文中有此字。可是，說不定明天就有位權威學者跳出來，說，在商朝，就有此字出現啦——根據新挖到的甲骨片。

而且，就算殷商時沒有此字，也不意味當時還沒有這個動作。

這，也就是說，一個民族，要等文化更成熟些，一切體制運轉得合軌合轍些，才會發展出一套字來形容自己那些有意無意的行為方式。

到底這個動作在中國的土地上做了多久？我認為，「趨」字和它的特殊含義至少在東周已有了——而這個行之三千年的古代肢體動作，好像就要很奇怪地斷絕在我們這一代的手裏了。我當然無意叫大家都來學習並恢復這個動作——但至少，也要知道一下吧！

（二〇一五．六）

一部美如古蕃錦的《花間集》

——談千年前，蜀中的「遠域文學」

在彼岸，有人要找我出書，這件事，聽來是好事，但過程並不盡然愉快，問題出在書名——他們想要的書名，我不想要，我想要的書名，他們不想要。

這樣爭來辯去，令我不勝其煩。本來我的書我取名，這事豈不天經地義？但我也了解，書對我而言是作品是心血，但在出版社卻不能不考慮市場。說白了，就是，錢。這個書名，必須讓人願意掏錢出來買，我取的書名他們不中意，應該是覺得我取的書名缺乏「可賺錢思維」。

唉，此事雖煩，我仍本着我一貫的原則溫和對待出版商——因為，我認為，他們畢竟是好人——至於壞人，壞人才不來跟我窮磨菇呢，他們斬而不奏，大膽直接出書，料定我沒閒工夫去追殺他們。這樣的壞人以前至少佔百分之七十，現在，則佔百分之二十。

在線上吵來吵去，對方忽然說了一句真話（這句話如果說在五十年前，恐怕要殺頭），對方說的是：

「不管怎樣，就是要小資！」

我雖然氣他們，但對方說話如此誠實，也算是快人快語，令我終於搞清楚關鍵所在了。以前的編輯，話不肯直說，什麼為年輕世代着想，全是鬼扯。

好吧，小資就小資，誰怕誰，但我一貫的美學就是要古典醇雅，古典醇雅和小資搞不好也還是可以找到交集地帶的。

我有個十分聰明的朋友，是「談判學」權威。他說，談判的要義在妥協，在雙贏。談判也成了學問，唉，這是二十世紀的人沒事找事幹。其實家家戶戶提着菜籃上菜場（也算是一種戰場吧？）的家庭主婦，哪個不是談判高手？哪個不懂得討價還價彼此妥協，誰不是努力達成「雙贏」？

好了，話扯遠了，結果是，我和出版社達成妥協，他們終於同意我另取的某個書名……。

我要說的是，雅俗或者可以共生，而其實，我的靈感是從一本一千年前的書上得來的，那本書叫——《花間集》。我一度為那本書十分着迷，在大三那年。那本書可謂是十分古雅又十分俗豔，我迷它大約迷了十年。

近年來有一組奇異的電影系列，叫做「他們在島嶼寫作」。其實，一千年前，在蜀地，就有一批人，「他們在山的那一邊寫作」。他們的集子便叫《花間集》。

《花間集》是一本詞選，編者是後蜀的趙崇祚。作者十八人，其中兩人是中土晚唐的溫飛卿、韋莊，其他十六人都是五代時期的人了。《花間集》共選了五百首詞，如果平均言之，十八個作者每人可獲選二十幾首，但編者獨厚溫庭筠，他很大動作，一口氣選了六十六首，並且把他放在卷首。也幸虧他有此行動（算是「尊中原」嗎？）才保住了溫氏的詞作。溫非蜀人，又非五代人，卻是詞壇的「精神領袖」。溫氏作品散佚得厲害，如果不靠邊遠地區的收錄，那些婉媚沁人的詞都不知死到哪裏去了！

編者趙崇祚可謂心胸寬大，他也選了李珣的作品，李珣其實是波斯血統。

「花間」可謂「小資」，但「花之間」雖云十分浪漫，卻不失其天真質樸。後來仿傚的《尊前集》就有些做作了。《花間集》歷來有其歷史定位——雖然，敦煌資料出現後，《雲謠集》取代了它原先的「文學史上第一本詞選」的老大地位，但《雲謠集》的質和量遠不及《花間集》。《花間集》仍有其不可撼動的崇高。

《花間集》所以享譽一千年，當然其優點並不只在「第一本」，而在它是邊遠的、亂世的、小確幸的、不怎麼家國的、只顧一己之私的男歡女愛的小小面貌，自來論者常說「詩莊詞媚」，「媚」的好處常是在「莊」得太多的時候，開鑿了那麼一點小出路。

即使現在，一千年後，「蜀中」，乃至整個中國西南方，如果要論「快樂指數」的話，也會比「中原地區」顯然來得高。

一千年來，讚美《花間集》的文人很多，例如陸游，便推其「簡古」，我卻獨鍾某人的一個比喻，說花間詞「如古蕃錦」。奇怪的是，我從來也沒看過古蕃錦。古蕃錦像壯錦嗎？或是像某些少數民族的刺繡？但這三個字卻字字清楚。「古」指「雅拙」，「蕃」指「生鮮活潑不守規矩，但富於強大的生命力」，「錦」指「華美富麗」。

唐人韓偓有首讚美李波小妹的詩——其實是多事，人家北朝時代已經有人寫過詩了。李波小妹沒名（卻有字），是李波大哥的小辣妹子，也是個左右開弓的神射手。韓偓忍不住刻意要多描繪她幾句，雖然她是個殺人不眨眼的「美麗壞女孩」——其中有句：

李波小妹字雍容　窄衣短袖蕃錦紅

麻煩的是，這句詩的另一個版本則作「蠻錦」。我想「蠻」「蕃」音相近，容易互混（古人沒有F這個聲部，F常讀作H或B、P，閩人讀飯作崩，粵人讀番作潘）。要是說「蠻錦」，另有一位唐代詩人也用過，此人叫張碧，不出名，只留下十六首詩，但極為孟郊所推崇。他有一首記「遊春少年」的詩：

五陵年少輕薄客　蠻錦花多春袖窄

從兩位詩人的詩句看來，蕃錦或蠻錦應是色澤豔麗、堆花砌朵、繁複奪目、設計大膽的藝術品。適合俊男美女在遊春時剪裁來穿，也可製為女戰士的馬上戎裝。跟中原地區的錦繡端莊矜貴，適合穿在廟堂之上的風韻大大不相同。

《花間集》中顯示的「山的那一邊」的、一千年前的西南地方的「遠域美學」，是亦正亦俗、亦豔亦雅的。花間諸詞之美，美如逸出中原美學之外的一匹古代蕃錦，對於成長在「海的這一涯」的我而言，也頗有其「停船暫借問，或恐是同鄉」的相識相稔之感呢！

註：漢人有個毛病，凡「非我族類」，也就不必去加以細分了。說越人，便常說成百越。「蕃」「蠻」二字古人未必釐得清。《宋史》記太宗淳化四年（公元九九三年），大食（《宋史》稱大食為波斯之別種）來進「五色雜花蕃錦四段」，至道元年（公元九九五年）又進了「蕃錦二段」。中國西南部頗受西方如印度、波斯之影響。所以，我個人的解釋是，蕃錦，是進口貨，蠻

錦，是受其影響的本國西南貨。兩者色彩近似，後者算良性山寨版。淳化四年，宋太宗也只得到「四段」，兩年後貢的變成「三段」，一般人大概不易到手。但也難說，皇室可以得到的貢品，其他或富或貴的「有辦法的人」一樣可以循商業行為取得。

（二〇一六・五）

垂直中國和四

有人問我說：

「咦？你怎麼會給《明報月刊》寫專欄？」

答案可以很簡單：

「因為主編找我寫啊！」

厲害的發問者會問得更多：

「難道主編找你寫，你就一定寫嗎？」

「那當然不一定。」

「這次怎麼就答應了呢？」

「因為我覺得潘主編是好人。他是個可以交結的朋友。」

「哦——所以，主編人好你就會寫？」有的問得更刁鑽。

「也不是啦，好人滿街都是……，我說的是有境界的好人……。」

「所以？」

「嗯……」我沉吟了一下，「恐怕還加上讀者好吧！把文章寫給好讀者看是多麼愉快的事啊！」

記得小時候，老師常勸我們要看「最好的作品」。其實，十四五歲的小孩哪裏知道什麼是好作品？倒是現在，我把次序反過來了——完成了作品，常記得要給「最優秀的讀者」看。

「這裏面，夾雜着『中國問題』嗎？」有人問得極細。

「哦，我的中國和別人說的中國不同。」

「怎麼講？」

「別人的中國是『平面中國』，我的中國是『垂直中國』！」

「聽不太懂。」

「也就是說，別人的中國是汽車、機車、腳踏車、動車、快車、飛機可以抵達的版圖——我的不是，我有興趣的東西是用鐵鍬或怪手挖土機直直往下挖，挖一公尺、二公尺、三公尺、四公尺……，那時候，秦呀、漢呀、魏晉南北朝唐宋元明清……就一個一個蹦出來——我喜歡的是這一層又一層的全體黎民的家譜家藏……，我要跟人家分享的就是這個。我覺得，明報系統的人思考上比較接近我的『垂直中國』、『道統中國』。」

「咦？沒聽說你搞過考古學呀？」

「喔，我不是『物質考古』，我是『精神考古』。」我嘴硬，硬往自己臉上貼金。

當然，這些答案，有人滿意，有人會問更多——但有一個原因，別人從來沒問，我也就從來沒主動發言，因為，一說出來一定遭人誤會是謊言，我何必沒事說些讓人覺得是謊言的話呢？我又沒在做總統。

下面這個問題，我就虛擬一個問者來問話好了：

「除了以上的理由，你還有沒有其他比較特殊的理由想為《明報月刊》寫文章呢？」

「有，但說來不知你信不信？我喜歡『明報』的名字。簡單說，我喜歡『明』這個字，所以，就寫了好久好久……。」

下面的反問也是我虛擬的：

「喜歡『明』字？喜歡東方紅，喜歡『東』，喜歡紅太陽，喜歡向日葵，這些，不都代表『傾中』嗎？」

「呃——那是你的刻板印象啦！事實上，『明』這個字的字體結構，自古以來，也就是從甲骨文時代開始，就有兩路寫法，現在流行的明是『日』加『月』，但甲骨文、金文、小篆、隸書、行書都有寫成『囧』加『月』的字體。」

「『日』我知道，『月』我知道，『明』我知道，但『囧』是啥？有個女導拍過一個電影叫『囧男孩』，我還以為是個象徵符號，描繪小男孩的一副苦臉呢！」

「別人用『囧』是什麼意思我不管，但『囧』在東漢許慎的《說文解字》裏，如作名詞用，是『窗』，如作形容詞用，是『通明』。」

「所以說，你喜歡的『明』，不是『日月』『明』而是『囧月』『明』？」

「對！來，我寫給你看，就這樣。」

「為什麼要這樣寫？由『日』『月』形成光明，那才正常啊！」

「你想想，暗夜，闃黑，升起一輪月亮，我剛好有一扇窗，小小的，高高的，甚至是天窗。月光投入，我於是有了一小塊光明，只有半蓆大，只容一個人抱膝坐在光中，這時，如果有一本已經讀熟了的大字詩卷，就可以在月下展讀⋯⋯。

「我承認，光芒萬丈、火熾燦爛的『明』字有它的懾人之處，但，此字不太寫實，因為日跟月很少同時出現，偶而同在一個天空出現，月亮也是淡淡若無。至於我自己每次寫『明』字的時候，心裏想到的畫面都是一面小窗，一地幽光……。」

「這是你自己在美學上的偏好，跟『明報』又有什麼關係了？」

「哎——這是我一廂情願的想法沒錯——但我覺得，好媒體、好雜誌、好書，都不須光燦奪目、光明萬丈，它只是黑暗中幽微的燭照，是溫柔的、持恆的、不動聲色的、小小的洞徹和通透……。」

（二〇一六・十一）

請看我七眼，小蜥蜴

我的朋友方明帶着妻兒全家移民到貝里斯，我其實有點愕然。好好的，幹麼跑到中南美洲去呢？那是二十年前的事了。

我沒問他理由，我猜，大概在那個遠方的熱帶小島上，有着台灣本來擁有，後來卻一一迅速消失的屬於大自然的和人性的豐富和天真。譬如說，台灣的雲豹沒了、鹿沒了、水獺沒了、老鷹沒了、連不在乎有錢沒錢的人也沒了……。

作為一個藝術家，他會隱隱恐懼這種枯竭，他出走，也許是因為知道，在地球的另一邊，另有一副心肝肺腑，等着為他移植，他還另有續集，另有不可思議的人生。

他的日子，我不問也猜得到，很辛苦，也很欣悅，幽微的，「不足為外人道也」的欣悅……。

最近，透過書寫，方明記錄了一則生活中的小故事：那天早晨，他手下的工頭急急來報，說有一種罕見的蜥蜴出現了，躲在倉庫木材堆裏。方明急急跑回家去拿相機來攝影。這種蜥蜴當地人叫牠「老頭兒」，因為牠常愛低着頭，一副無精打采的樣子（其實牠很鬼靈精的）。牠更正式一點的名稱叫「頭盔蜥蜴」，那是因為牠的頭部有稜有角，而那塊皮又特別硬，像戴了鋼盔。更正式的學名？據說沒有。

工頭是貝里斯本地人，工地裏，還另有個助理工頭名叫「煥」，他們二人都說這蜥蜴很怪，絕少看到——其實，也許因為牠們這一支本來就少，也許因為牠們賴以圖存的某種食物，因環境遭破壞而稀少了，以致影響了牠們的生存。還有，如果人類視覺不夠靈，這傢伙一身迷彩裝跟樹皮簡直分不出來，在森林中行走的人要注意到牠的存在可也不容易。所以，不一定是沒碰到，就算碰到了，也因自己「眼拙」而錯過了。

因為大家都少有機會見識到牠，所以難免覺得牠十分神祕。根據「煥」的說法，你如果在森林中行走，碰到「頭盔蜥蜴」，當時若是你一眼先看到牠，那就沒事——不過，若是牠先看到你，那就禍大了，因為牠是「有魔法的蜥蜴」，如果牠連看你七眼，你就會神奇地「消失了」。

哎呀，我讀了朋友方明的文章，對那位「煥」的說法十分着迷。噫！真是熱帶森林裏面既驚悚又美麗的故事，令人無限好奇。「煥」也許沒學問沒金錢，但煥轉述了一則神祕的古老傳說。

人能生存，能息視人間，當然是一項無上的權利，一份上天的祝福。但人能「消失」，也是一種機緣，一種奇特的際遇。這種好事，聖經上只有兩人經歷到，一是以諾，一是以利亞。

可是「煥」說的「消失」又是什麼意思？也許「煥」也說不清楚，「消失」的是我們身體中的哪一部份？如果人是肉身加心智加靈魂的組合，（這，算是基督教的說法吧！）那麼那隻中南美洲森林裏的「魔法小蜥蜴」能令人消失的是哪一部份呢？

老子說：「吾所以有大患者，以吾有身。」（有個古代笑話，說「老子是女人」——否則怎麼會懷孕呢？他把「有身」作另一個解釋，不解作「有此肉身」，而解釋作「肚子裏有了孩子」。如今粵語和閩南語中「有身」仍指「懷孕」而言。但這種「有學問的笑話」古人講講可以，今人哪裏笑得出來？）唉，人能有此肉身，原是不得了的大事，但卻並非出於己願，而是「身不由己」。除非「刳腹剔骨」以還父母，像哪吒，否則一生一世，都得跟此「身子」相依相隨。你要給它吃、給它喝，你要給它排泄、給它歇息。它也許有機會享受美食或男女性事，當它仰泳在清波中，展肢在冬陽下，或迎風奔躍如羚羊，或被緊抱在父母、子女或情人、朋友的懷抱中，那時刻，身子未嘗不是幸福的——只是如果它一旦又瘦、又痛、又佝僂、又發顫、又發炎、又失神、又失禁……，那一切「諸苦」也全由這一副無辜無告的「肉身」在承受啊！

設若上帝造人之時，在臍周設下七八十來個按鈕，並各有所司。其中有一個，一按，便可立刻「停止身體運轉」或「歸零」，想來世間有意伸手去按此鍵以求「滅身」的人應不下二分之一。（也就是說，三十七億五千萬吧！）

《紅樓夢》中寶玉跟黛玉兩人常有話說不清，寶玉便說自己要去死，他先說成灰，又加上化煙，因為煙更不着痕跡。但那是古代，人煙稀少，現代人若「人死化煙」，也是一番可怕的煙霾公害。這樣看來，那尾「頭盔蜥蜴」靈幻的本領可就大有用處啦！

呀，真希望某年某月某一日，我走在中南美洲的森林中，當時一縷沒給密林擋住的夕陽霞光照在我身上，此刻剛好有一隻「頭盔蜥蜴」路過，牠看到了我。於是，牠施展魔法，將我的肉身渙釋化解，變成了透明的空氣，變成了零。

至於我的靈魂，那「不容銷毀」的部份，就讓它迴旋上昇，去依傍那充滿歌聲的天國吧！

請記得連看我七眼啊！我那身長十公分的「頭盔蜥蜴」小兄弟。當然，你們自己也要小心，因為你們「蜥口稀少」，你們可千萬不要先自我消失滅種啊！

（二〇一七・十）

「《選》學」和「被選學」

(1) 到清朝，有了一門學問叫選學

在二三百年前，中國興起一門學問，叫「選學」。什麼是「選學」呢？要是聽在台灣人的耳裏，八成會以為是「選舉之學」——但清朝並不選舉，那「選學」又指什麼而言呢？說來「選學」兩字並不高深，只要按現代標點，寫成「《選》學」，便一目瞭然。但第二個問題來了，《選》，又是個啥玩意兒呢？答案是，《昭明文選》。選學盛於清朝，我把它算做「考據」一路的。我年少時不懂事，有些不太瞧得起考據之學，好在瞧不起也只放在自家心底，從來沒去影響過別人。

直到五十歲以後，才領悟到「考據」其實是「詮釋」的手段，沒有「考據」就沒有「詮釋」，沒有「詮釋」就沒有「真意」。

《昭明文選》為什麼需要「選學」呢？因為這本文選是中國「中古」時期的思惟和美學，起自秦漢，早於唐，相較之下比較難懂。清代，我算它是「近古」，他們很需要為一部一千二百年前的文獻作詮釋（或云考據）。但說一千二百年其實不正確，因為那是指「乾（隆）、嘉（慶）距《昭明文選》編選的年代」而言，然而書中所選作品距乾嘉則有二千年，於是就有了「選學」。

乾嘉之學，為某些人所不喜，認為是逃避清廷文字獄的「企圖不涉是非」的「消極逃避行為」。不過話說回來，如果在逃避強權之際，尚有經學文學可以經之營之，則古人的強權說來還是比海峽兩岸曾有的、現有的、或未來會有的強權溫柔多了。

(2)古今作家一一列隊站好等待選「秀」

以上說的是二三百年前的乾隆、嘉慶時代的老事，沒想到風水輪轉，此事在我自己身上居然也出現了。

在台灣，二〇〇四年後，「教育部所編訂的教科書」讓民營的出版社給取代了，結果百家爭鳴，到處都是「選本」，出版社紛紛扮演起評選人，古今作家也一一列隊站好等待「選秀」。

按說，此事於我應該是尚有「小利」可圖。十年、二十年、乃至五十年前寫的文章，一經轉載，作者便成了包租公、包租婆。雖然，租金（轉載費）低廉，但積少成多，也算一項小外快。麻煩的是，港台兩地的出版商會乖乖納錢，大陸地區的教科書出版社則尚睜着眼裝傻。除了廣州，有次遭「正義人士」路見不平跑去嚷嚷，付了一次轉載費外，其他各省官方出版社都按兵不動，欠了幾十年還欠在那裏。

當然，你可以說，昭明太子蕭統也沒付謝靈運轉載費，但人家謝靈運早死了，我卻還活着哪！

「遭人選入選本」的麻煩不止如此，最可怕的是他們不知從何處網上抓來的版本，「山谷」可以變成「山穀」，「卜居」可以變「蔔居」（想係有人把蘿蔔簡寫成蘿卜之故），至於「武松」也患了肌肉鬆弛症，變成「武鬆」。簡直把我弄得一楞一楞，真想找個法庭去告狀：

「唉！天哪！天哪！我從沒寫過如此荒誕的字眼啊！」

當年無知的我，此刻才明白「版本學」「校勘學」是無比要緊的學問。

這些入選的稿件我如不校，便陷自己於不義，如果要校，便把自己累得半死。

明顯的錯，出版社一般從善如流，知過便改。但有些爭議字便不那麼容易說得清，而教科書是動見觀瞻的事，作者也沒有要性格的餘地。

茲舉一例，我寫大漠戈壁，既寫沙漠，當然離不了「沙」，但「沙」字古人也寫成「砂」，教科書則常強調「標準字」（大概便於考試），而作者寫作則常憑一時直覺。下面是我對某篇文章中時而用「沙」時而用「砂」的辯白：

「沙」和「砂」，二字基本上是相通的。事實上，「沙」字因出現早，是比較正式的字，而「砂」字只是和「沙」相通用的字。

但有些詞，因古人用過，我覺得好像應該沿用，以保持古味。如：硃砂、砂鼠、砂雁、砂仁（中藥名）、砂磧。

寫戈壁，離不了「沙」，我大部份用「沙」，少數用「砂」。漢人造「沙」字，原是指清清淺淺的水少的河湄處，其底層平鋪的那層細沙。但蒙古的「砂」不然，蒙古的「砂」和水不太有關連——雖然，上溯到太古，此處也是海底。唯此時此刻，天乾地爽，仿若一鐃一鈸，隨時都可以爆發因互相敲擊而撞出的鏜然一聲巨大脆響。此情此景好像用「砂」才比較寫實，才比較有稜稜礫石那粒粒分明的感覺。

我無幸成為「《選》學」學者，卻無奈地必須修習「被選學」的學分。

（二〇一八・一）

「欓」這個字

「欓」這個字，我以前沒見過。

如果你去查字典或辭典，那，你就要注意了，凡三公斤以下的「典」裏是查不到的。換言之，它是個近乎消失的「罕見字」，只存在於大部頭的「典」裏。

我怎麼會撞見這個字的？說來也是緣份，由於我比較愛讀古書，常會跟「怪字」交上朋友。說它「怪」，其實不公平，它雖有點難寫（指正體字），但很單純，它的左右都是清楚明白且常用的字。

我遇見它時，它隱身在酈道元的《水經注》卷十六的〈穀水〉篇裏（原文見註1，為了避免有人讓文言的文字給嚇倒，下面只說大要）。

從前，漢明帝夢見金色放白光的夢中人，有人告訴他，應是西方之佛。於是他便派人去了印度，並且取了經回來。由白馬馱着，放進白馬寺（此寺以此得名）。但寺很大，放在寺的哪裏呢？用今天的話來說，就叫「善藏室」。但，善藏室仍太大，往哪兒擺呢？——請原諒我的「家庭主婦」的劣根性，我不在乎什麼什麼上人或大師來據經說法，我在乎的是：

「啊呀，這個寶貝，叫人往哪兒擱呀？」

書上也說了，放在「原包裝裏」，原包裝是什麼？書上說「始以榆欓盛經」，而「欓」的注解是「桶」，它的讀音則是「擋」或「淌」。看到這裏，我立刻把那千里迢迢馱來的經典忘了，注意力當下便轉到這個字的讀音上去了。原來，在台灣，二千三百五十萬居民裏，大約有一千五百萬是閩南人的後代，閩南人唸水桶便是唸「水䟫」，我因此認定閩南人說水桶的時候，其實用的是這個很有歷史的、很文言的「欓」（正如他們說鍋子不說「鍋」而說「鼎」），但說的人並不知道那字怎麼寫。

桶，曾經是很日常的器物，閩南人不但說「水欓」，還有「米欓」「飯欓」「屎欓」「卡欓」等。其中「卡欓」用得最多最廣，但「卡」是何字卻搞不清，我認為「卡」應該是「汲」字，但也有人認為「卡」等於「腳」。

這裏面，比較有趣的是「飯欓」和「屎欓」，前者和中原語系一樣，罵人「只會吃飯，不能成事」，後者則是閩南語所獨有，罵人傲慢，如：

「他那個人很『屎（此處讀作塞）欓』。」

但字典上註明上聲的，閩南語怎麼是去聲呢？原來閩南語一向「擅長於不說『上』聲」，例如「美」、「水」、「講」、「飽」、「改」、「黨」、「港」、「粉」、「米」、「倒」、「兩」、「免」、「點」、「理」、「狗」、「帚」、「請」、「餅」、「比」、「滿」、「秒」、「府」、「斗」、「膽」、「等」、「鼎」、「短」、「討」都變成了去聲。

客家人有句話說「寧賣祖宗田，不賣祖宗言」，田賣了，還可以再買回來，言語一旦斷絕了，就消失了。

我能找到一個兩千年前，漢明帝時代的詞彙，並且知道它在閩南語中活着，真是一件不錯的事。連雅堂先生曾經有一本書，叫《台灣語典》，卻沒搜到「欓」這個字。能為雅堂先生補遺，已經很令我高興了，不意附帶還發生了一件好事。原來「欓」除了是「桶」，它也是某種植物的名稱，那種植物也叫「食茱萸」。「食茱萸」因為被認為可作藥用，所以收在《本草綱目》裏。我再查，不料圖片也蹦出來了（原本的典籍只有文字方面的形容，網上卻有鮮活的彩色照片），我一看那圖，不禁驚呼，呀，呀，呀，這玩意兒就是刺蔥嘛！

還記得大約三十年前，有一次，在花蓮山間溪畔，有人招待我們吃一頓「野餐」，野火正燒着，有盤刺蔥煎蛋給慎重地端了上來。呀！我一直忘不了那辛香的味覺，黯黑不辨人的黃昏野溪邊，主辦單位一再強調：

「這刺蔥很希罕，是原住民朋友愛吃的哦！」

我後來就常常煩勞友人為我寄些刺蔥來解饞。

刺蔥是樹，我們吃的是樹葉，嫩葉上的柔軟小刺也一併可食，老樹葉就不能碰了。

我一直以為它真是原住民獨享的妙品，查完資料才知道，不對。它也叫「越蔥」，還說出「閩中江東」也有（註2），看來它的分佈很廣，我以前傻傻的，還拿曬乾切碎瓶裝的刺蔥送大陸來的朋友呢——好在送的都是北方人，北方好像沒這玩意兒。

開卷真不錯，長好多知識，甚至還知道了「刺蔥」這綽號的本名，是「食茱萸」，是「欓」。而「欓」，這個許慎《說文解字》裏不曾出現的字，其實有兩個意思，一個是「桶子」，一個是「欓樹」。後者台灣東部有，俗稱刺蔥樹。想當年，在中古時代，它曾是很重要的辛香料呢！（註3）

在北魏時代有位當過官的賈思勰，寫了本《齊民要術》，其中有一則教人醃魚的方法如下：「薑、橘、椒、蔥、胡芹、小蒜、蘇、欓，細切鍛（不是錯字，古書上就是這麼寫的），鹽、豉、酢，和以漬魚。」想來，漬好的魚，其滋味一定多元且有層次。待有暇之日，真想來試做這一道辛香奪人的鮮美魚片。

另外一本蕭子顯所著的《南齊書》上的記錄就更有趣了，書上說「始興郡，本無欓樹，調味有闕。世祖在郡，堂屋後忽生一株」。始興郡，位在粵北，當時世祖（南齊在五六世紀之間四七九～五〇二，總共二十四年，這位名叫蕭賾的「世祖」在位十二年）住家附近沒有欓，居然被認為是一件「造成烹調上極不便」的大憾事。後來，大概是拜小鳥之賜（植物的遷播常是不乖的小鳥隨地大小便所造成的），屋後忽然長出一株「欓」來。此事不怪，怪就怪在「史家」的「史筆」所透出的「史觀」——《南齊書》居然把這一條列入國史的〈祥瑞志〉了。官邸長出刺葱樹，竟能算是「祥瑞事件」！唉，我想想，可能也對吧！「吃飯皇帝大」，身為小朝廷小帝王，廚房炒菜卻少了刺蔥，當皇帝也當得不是味兒，不料此時屋後忽然冒生出欓樹，說不定是證明「真命天子在此」呢！列入〈祥瑞志〉，不亦宜乎！當然啦，如果有人據此挖下去，弄出一部華人在南北朝時期的「口味改變史」（或云「擴充史」）也不錯！

不過，我還是打算回過頭來再附帶想一想，那些了不起的、兩千年前遠從印度攜回的佛經，為什麼偏偏放在榆欓裏？榆欓是指榆木做成的桶子，榆木一點也不高貴，佛經好像應該放在紫檀木、花梨木、酸枝、金絲楠木，或至少至少，也要用個香樟木來做桶子吧？

或許，因為那榆木桶也來自印度，所以捨不得丟。也可能，榆木代表「家常風味」，素樸廉價，象徵某種宗教方面的平民精神。榆樹是北溫帶常見的樹，台灣好像沒什麼榆樹，我只聽母親說起老家有榆樹，春天結「榆錢」，摘下來拌上麵粉，蒸一蒸，再加醬油、麻油、醋拌一拌，極美味（這些懷鄉人的話，信一半就好）。另外，在明人的曲中還讀到一句「又不癲，又不仙，拾得榆錢當酒錢」（明．金鑾〈南一封書〉，註4），此外就是美國尤金奧尼爾的《榆樹下的慾望》，此劇影響曹禺甚多，那劇情因亂倫有些慘烈駭人，看來榆木該是生命力極壯旺強悍的樹。

不過，我倒是比較傾向我所查到的另條資料，榆木因防水性能好，常用來做船舶和傢俱。想來，以佛經之尊，也照樣怕水氣和潮氣，能躲避「濕劫」，很重要——所以，那幾卷遠來的經典，便放在榆欓（桶）中了。

註1：酈道元《水經注．卷十六》引張璠《漢記》：「穀水又南，逕白馬寺東，昔漢明帝夢見大人，金色，項佩白光。以問羣臣，或對曰：西方有神名曰佛，形如陛下所夢，得無是乎？於是發使天竺，寫致經像。始以榆欓盛經，白馬負圖，表之中夏，故以白馬為寺名。此榆欓後移在城內湣懷太子浮圖中，近世復遷此寺。然金光流照，法輪東轉，創自此矣。」

註2：見《韻會》一書。

註3：欓那時候列為「三香」之一，「三香」是指椒、欓、薑，這條資料記載在《爾雅翼》中。

註4：我就麻煩一點，把這段曲子譯述改寫如下：

唉！我這人也奇怪，又不是「老番顛」（閩南語），又不是成道成仙的高人——居然，從口袋裏掏出圓圓的「榆錢」，打算把它當圓圓的銅板來付酒錢了。搞不好，酒鋪子裏的伙計還以為我是詐騙集團的成員呢！其實，只有瘋癲之人才有權利硬把榆錢說成銅板吧！此外，如果你是仙人，也可以，因為你有本事為榆錢作法，它就從榆錢種子變成硬幣了。而我兩者都不是，我只是個糊里糊塗的窮詩人，前幾天春遊時順手撿了幾枚榆錢，一時揣在口袋裏。久了，就忘了。今天此時此刻，還以為自己兜中有錢呢，及至一掏出來，才發現原來只是些「飽涵詩意」卻「毫無幣值」的玩意兒。酒帳嘛，還好，都是街坊熟人，就不好意思，讓我賒一下吧！

（二〇一八・三）

「哎呀！原來甲骨文是這麼美的！」

算來，是二十七年前的事了。

那一年，一九九一，兩岸學者在北京「人民大會堂」裏開會，討論繁簡字體，我忝附末座。

座中有位對方的甲骨文學者，名叫胡厚宣，他原是老中央研究院的人，參加過民初河南安陽的殷墟挖掘。中央研究院是個了不起的構想，由學者蔡元培一手規劃。當年，吸收過許多有才情肯苦幹的學者。大陸易幟後，陸方也設置了類似的機構，胡厚宣先生仍在其中。

那天，胡厚宣先生上台說話：

「文革過後，我去庫房，把甲骨文片拿出幾片來。正走着，對面來了一位年輕的研究員，他問我拿的是什麼？我說是甲骨片，他就接過去看。不料，一看之下，他忽然大叫一聲：

「『哎呀，我都不知道，原來甲骨文是這麼美的！』

「他目瞪口呆，完全失了神，就在那一剎那，他手中的那片甲骨掉到地下，跌碎了！」

當然，我猜想，後來——後來大概是用某種方法補起來了吧？畢竟，那是國寶耶！

後來，我仔細想想，學者胡厚宣所形容的那幅畫面，真是令人亦喜亦悲。喜的是經過三千五百年的歲月和沙土的沉埋，又加上文革中種種非人性的，對學者生命和生活的雙重摧殘，這年輕人仍然在一剎那之間給叫醒了，讓「美」給叫醒了！悲的是，那一失神，竟跌碎了一塊國寶。

相較之下，我的朋友沈愷的故事好多了。他因為父親是外交官，從小便足跡踏遍世界，見識當然很廣——但相對的，中文便不夠好。家裏努力給他請老師補習，完全沒用，他根本提不起勁來學。不意，忽然有一天，他發現有一種東西叫「甲骨文」，不禁大為驚豔！我猜是因為甲骨文很適合沒有國學根柢的外行人，一隻雄「鹿」，一個器「皿」，一個門「戶」，都是一目瞭然的介乎虛實之間的圖畫。這一下，本來彷彿是個白癡少年的沈愷，竟忽然靈光一閃開了竅，中國文化之美讓他在愕然駭然陶然之餘不能自拔。

我自己曾因讀詩偶然讀到〈藥店中的龍骨〉，這些從地層深處挖出來作為藥材的「龍骨」，不知跟當年清末學者王懿榮吃到的中藥店龍骨是否一樣有字刻在上面，我為此寫了一篇文章〈龍，在藥店裏〉，此處且引一小段如下：

宋代的郭茂倩編了一本《樂府詩集》，書中收了南朝的〈讀曲歌〉共八十九首，其中第三十五首便是講「藥店龍」的。可見那時的龍骨已經很普遍入藥了。那首詩十分纏綿，比喻也用得出奇，口吻卻是女子的，她說：

自從別郎後，臥宿頭不舉。
飛龍落藥店，骨出只為汝。

（曾經，當你在我身邊的時候，我是多麼意氣風發啊！但你走了，我忽然像一隻死去的龍，淪落藥鋪。死去的龍變成龍骨在出售，而我因為思念你也消瘦嶙峋，眼看着就要一把骨頭都冒出來了，像那隻龍。）

另外唐人李商隱也有〈垂柳〉詩（或作唐彥謙作），摹擬女子的幽怨如下：

怨目明秋水，愁眉淡遠峰。小闌花盡蝶，靜院醉醒蛩。
舊作琴臺鳳，今為藥店龍。寶奩抛擲久，一任景陽鐘。

其中倒數第三句「今為藥店龍」（供人煎熬成藥），也是極感傷的句子。

既然南朝和唐朝的藥鋪裏都賣着龍骨，龍骨入藥至少已有一千五百年了，卻直到一八九九年才發現「有字的龍骨」——這些因緣，說來也真是引人遐思。

沈愷後來的職業是建築師，從未走入中央研究院去做古文字學者，更不曾擁有「特權」去研究「特種資料」。但電腦時代來臨，他可以非常方便彙集整理許多兩岸資料。早期甲骨文學者不僅要「有學問」，還得十分「有錢」。想當年，收購甲骨文的價碼是一個字一兩銀子呢！收藏並研究甲骨文是「非王懿榮那種貴族莫辦的事」啊！王國維比較窮，他的甲骨文研究便只好跟着王懿榮做。而布衣平民沈愷居然編出一部完整的甲骨文字典，真是令人驚喜！洄溯起來，甲骨文曾經是「小二毛子」沈愷的救贖，讓他重新歸宗於中華文化的祖譜，但願我們人人都能從甲骨文漠漠無言的大美中找到自己血脈中的超美麗基因。

（二〇一八·八）

輯三／半粒米和山溪小蟹

同一個地球上的「球民」

(1)住在一棟面西的房子裏

森林這個詞，令人看着就歡喜，那麼簡單明瞭，連五歲小孩都可以立刻學會，一個是「二木」，一個是「三木」。反正，加起來，就是千千萬萬億億兆兆的樹，只要有樹，就有機會成林，成了林，就能成森……。

上帝是先造森林，才造人的。

當然，即使是上帝造林，造林之前也得先造土地，上帝不造塑膠林。

而我住在台北市這個水泥叢墟中，不擁有土地，此事無法可想，就算王永慶，也只能在自家台塑大廈頂樓陽台種菜種稻，取悅一下老母。我沒辦法做全面規劃，把屋頂變菜園，那需要大成本，但我得對付我的新居。

新居是二〇一〇年冬天遷入的，因為是冬天，一切安好，可是到了翌年夏天，忽然領略到西廊直曬下來的毒太陽，真是讓人「熱不欲生」。

我原住一間舊公寓四樓，住了四十年，面對一座小型公園，真是諸事大吉。但因丈夫心臟裝了支架，我自己又關節退化，只好換個有電梯的新式樓廈。不過，住老樓雖會因爬樓而累死人，搬新樓遲早也會發生熱死人的事，怎麼辦呢？開冷氣雖可擋擋熱，但我又反對用電，這事，不知該如何了結。

(2)在及胸高的女兒牆上，種出一行柑橘林

終於讓我想出一個法子來了，這西廊有一列一百一十公分高的女兒牆，牆長約十公尺，牆厚約三十五公分，我在其上先做起不銹鋼框架，然後把中型花盆置放其間，中型花盆裏放了土以後就種些不用花錢的柑橘種子（不敢種柚子，因為柚子的尖刺太長），去花市買樹苗當然也可以，但不必了，我並不期望什麼名種柑橘，也不指望吃橘子，只希望能看到樹蔭。

小樹苗很快就長出來了，像黃豆芽，但樹就是樹，它的架勢自來便與草不同。小樹很快變高，但因陽台上方有玻璃罩，它只能長到一百八十公分，它用三年時間達成了這個高度。

種這些樹，其實本來也沒安什麼好心眼，我視它們為衛兵，而且，是傭兵。我每天餵它們

一點水，卻要求它們為我擋子彈，盛夏熱帶陽光的子彈，它們也真是盡心竭力，無愧職守。它們於我雖然本是工具，但日久生情，我也難免會對它們又感激又愧疚。想它們每一顆種子，原來都有其神聖的DNA，都大可長到十公尺，如今卻局限在我這小盆子裏討生活。

我選種橘子樹原意也只為省錢，橘核容易取得，完全不必花錢，只要吃橘子的時候留下來就成了。它又粗生賤長，人道「便宜無好貨」，它卻是又便宜又是好貨。而且，身為橘子，它其實是果中貴族，遠遠的，在《尚書》裏，它就是南方進貢的佳果。屈原為它寫過〈橘頌〉，曹植為它寫過〈橘賦〉，王羲之為它寫過〈橘帖〉，有人說，它是遠從喜馬拉雅山下一路傳過來的，不管它來自何方，它都有其優雅雋永的品秩。

如今，它在鬧市一角，淪為我的守衛樹，這樣的命運，它顯然並沒有料到。但它竟然並不嫌棄我，也不嫌棄自己的職份，它日日綠着，供我清蔭。

其實，不等它長大，在它身高一公尺的時候，便已能發揮幾分威力了。想到因種了幾棵橘子樹，居然就節約了一夏的冷氣電力，覺得自己真是好聰明呀！當然這種聰明是任何一個農夫農婦乃至農家老嫗老叟和小孩都懂得的，偏偏就是都市人不懂。這一大排穿着翠綠色戎裝的御林軍，這些短時間內不交班不換崗的忠心部隊，對我是多麼忠悃仁慈啊！

我曾視他們為工具，但他們給我的是整條命啊！他們二十四小時待命——咦，奇怪，怎麼我寫着寫着就把屬於樹的「它」就寫成了「他」呢？他之於我，已是朋友，是同一個地球上的「球民」。

（二〇一五・十一）

如果我做了地球球長

(1)就算耶穌，祂的救贖十架，也得靠一棵樹來共襄盛舉

有朝一日，我若大權在握，做了「地球球長」，我的第一道政令便是：每個人每年一定要種一棵樹，像繳稅一般，不種的要重重處罰。如果沒時間去種，那就出錢請別人代工去種（加上去「護」）。至於，肯種第二棵的，小孩在學校裏可以免費吃營養午餐。管他南韓、北韓、新疆、北京或香港、台灣，這世界最需要的東西不是打仗、不是主義、不是革命、不是國號、不是石油，而是——樹。

為什麼「本球長」硬性規定要種樹呢？簡單，因為我們不斷地用樹，當然得種樹來補過啦！就算我們不用紙、不寫字、不讀書，也要用樹木來做船、做桌椅、做板凳、做櫥櫃、做地板、做天花板、做床、做鈔票、做棺材……，就連耶穌釘十字架，這樁救贖大業，也得靠一棵

樹來犧牲自我，才能共襄盛舉呢！釋迦牟尼，如果沒坐在菩提樹下，享受那份清蔭四垂，印度的烈陽當頂照下，不中暑已不錯，要悟道，簡直不可能。

人類，一直在用樹，於是把森林和高山毀了。人類也一直養牛羊，養少尚可，大規模養便把草原毀了。人類又成億成億地生孩子，孩子驕奢浪費，把水資源毀了。人類東奔西跑燃耗石油，把空氣毀了……。毀了這麼多地球資源，請你種一棵樹，你能說這要求很過份嗎？

還有，還有，人活着，是要呼吸的，人類每吸一口氣，都要靠樹來供養（氧），每吐一口氣，都要靠樹來為我們註銷罪孽，人類不種樹其實是喪盡天良的事呀！毀樹就是滅人，植樹才是扶人！

(2)日本二戰時叫學童去挖松樹根，為的是……

日本在發動二戰以後，當然做了很多很多壞事。這個，用腳趾甲想也知道，要打仗，要求勝，能不殺燒擄掠嗎？能不屠人成河、堆骨成山嗎？不過，最近讀了日本女作家佐野洋子的《無用的日子》，才發現日本人的另外一狀罪行，又邪惡又滑稽又悲哀的罪行。

話說作者洋子頗算號人物，是個得過日本紫綬勳章的童書作家，一九三八年出生在北京，她的父親佐野利一是個學者，對研究中國農村很有興趣，他在中日戰爭前已在北京大學做客座教授，故洋子是在四合院長大的日本小孩，她的堂姐桃子比她大八歲，二人不同的是洋子的童年在中國過，桃子則在日本。戰爭期間桃子堂姐讀小學、初中，她納入「學生動員令」，被視為「一份小小勞動力」。那時，她小女孩一個，當時家家缺錢缺糧，每個小鬼頭都發育不良，體力衰微，她又能為偉大的天皇貢獻什麼呢？唉，有的，她奉命去挖樹根，全班不上課，都去挖松樹根。

我曾試作測驗去考問人，說：

「二戰期間，老日叫他們的小孩子不上課，去挖松樹根，你猜，是為了什麼？」

回答一律是：

「應該是肚子餓吧？糧食不夠嘛！」

也有人說：

「是為了作柴燒嗎？」

如果是為了飢餓或缺食物燃料，那還稍稍說得過去。其實，不是，那時候日本缺燃油，有時連飛機飛出去都不加回程的油，（可憐的「單程」神風隊員！）油既不夠，打主意竟打到刨松樹根的辦法上來了。原來，松樹算是有油脂的樹，據說榨它一榨，也可提煉一些飛機燃油，來增加空軍戰力……。

當時十歲出頭的佐野桃子雖不是什麼高人，卻也料事如神，她對自己說：

「日本會輸日本會輸，日本已經淪落到靠刨松樹根來提煉油料了，日本會輸！」

日本果真輸了，桃子居然大樂，聽到「玉音放送」（就是「天皇之廣播」的意思）宣佈投降，她說：

「我太開心啦！以後不用天天再去挖樹根囉！我自由了，從此可以放手去做我自己要做的事了！」

不知當年的日本小孩在動員令下刨了多少松樹的根？不要笑我：

「神經病！日本在二戰期間做的壞事可多了，挖挖樹根算個什麼呀？」

我想，我還是有理由來恨他們這一項罪行，屠人又屠樹，就連魔鬼，也想不出這麼邪惡的主意吧！

（二〇一六．二）

幾乎沒有指紋的手指

我坐在椅子上枯等，心裏微微不耐煩。其實，為了某種原因，他們已經很禮遇我了。

那是三年前的事了，我等待辦事的地點是美國在台協會，我當時在等待簽證。事實上，我並沒有要去美國，我要去的地方是中南美洲，只因須在美國換機，就得多一道這簽證的手續。

唉，事情比我想像中更複雜，也許是「反恐效應」，我必須去按指紋，按就按，誰怕誰！我又沒有犯什麼罪。不料，麻煩來了，我的指紋竟然不清不楚。好，再來一次，辦事小姐說，按重一點，我擦乾淨手指，再去沾印泥，然後，用力按下去。

仍然不行。

她要求我更用力，這樣一次一次攪和了五、六次都不成功。她忽然想起有一種液體，可以幫助指紋凸顯，便去找來為我塗在手指上，效果果然好了一些，但仍然過不了關。

我們兩人都累了，但彼此仍保持着禮貌性的笑容，我對她覺得抱歉，她也對我覺得抱歉。

但沒辦法，清晰的指紋就是出不來，後來，她叫我把抹在指上的膠液搓掉，然後再重塗一遍，然後，再按印泥，然後，她再把手壓在我的手指上，兩人合力死命壓按，最後，總算總算壓出他們要的指紋來了。

「你不要難過，」女職員安慰我，「去年我爸爸來按指紋，也發生跟你相同的情形。」

——我本來並不難過，只是嫌煩，經她一說，好像覺得也應該難過一下才對。

我當時想到的，其實是四十年前去馬來西亞的往事畫面，在麻六甲的一座佛剎前，遇見一位華人老尼，不免駐足聊了一下，知道她是戰前從福建來此的。她年紀大，又加上是出家人，說起話來別有一種簡明了然，十分禪意。

「哈，都說現在是自由的時代，哪有？我們那時候才叫自由，像鳥一樣，要飛哪裏就飛哪裏！什麼護照、什麼簽證，都沒有，從中國到南洋，來了就來了！」

噢，原來曾有一度，「世人」是可以在這「世上」跑來跑去的，而那個年代好像過去了，永遠過去了。現在，「提防」變成非做不可的事，連對一個像我這樣七十歲的老婦人也不敢不動懷疑。

「說自由，哪有？我們那時候才自由！」

我一直想着那老尼，以及她那響亮的鄉下大嬸措詞的福建口音的普通話。

可是，眼前這位好心又體貼的女職員卻提醒我，我似乎該有一點難過。

我為什麼要難過呢？因為我「幾乎不太有指紋」嗎？我並不是因為做了壞事才變得指紋模糊的！所以，又有什麼好難過的呢？我的淺指紋曾經禍過國或殃過民嗎？曾讓任何人因此受害受損嗎？沒有呀，那，又難過個什麼勁呢？

從二十一歲到七十一歲，五十年間，我在大學執教（二十一歲剛畢業，做的是助教，助教原沒資格去上課，但因有些教授懶惰，便抓我代課或改作文，我也只好戰戰兢兢黽勉從事），我的寫作生涯則比五十年更長，算來，本應該是個養尊處優不事生產的臭老九。然而不然，我因是女人，所以又是個不折不扣的「勞動人民」。孔子說：「吾少也賤，故多能鄙事。」我則說：「吾少貴，仍多能鄙事。」所謂鄙事無非是自家事，包括燒飯、打掃、開車、縫補、園藝，房子裝修時跟油漆工一起攪漆，跟木工、泥水工、電工、鐵工、玻璃工一起比劃。古人有所謂「親操井臼」的話，現代女人要做的工作比井臼多十倍。

我的指紋大概就在一次次刀傷和燙傷和洗碗精的侵蝕下一層層剝落而變薄變淺的。

所以，那女職員真正想說的也許不是「別難過」，而是「別自傷」。

唉，真的，沒有一雙纖纖可耀的素手，只有粗皴枯皺且又幾乎失去指紋的手，要自傷大概也很合理，要憤恚怨命大概也說得過去。但「自傷」太奢華，不適合我這個小氣鬼——時間方面的小氣鬼。

而且，我彷彿預見有一日，在雲端高處，聖彼得（註）執起我的雙手說：

「哎呀呀，這婦人，該怎麼判斷她才好呢？她的眼睛不像基督徒那麼柔和謙卑，卻像鷹眼凌厲，有時生起氣來甚至會怒而裂眦。她的一顆心常咒東罵西，希望壞人早早死掉。她的鼻舌也不像基督徒，因為深愛美好的氣味。但是，約翰兄弟啊，你過來一起看看，她的手，一雙勞瘁受傷的手，長得倒真像我們的夫子耶穌。耶穌的傷痕在掌心，是撕裂傷，她的，在十指，是磨剉傷，磨挫到已經快沒指紋了——這樣，我們可以放她進來嗎？」

註：在新約聖經〈馬太福音〉十六章，耶穌說過要以「天國之鑰」授門徒彼得，此話原是一則比喻，但在天主教的美術史上，畫彼得，總有一串鑰匙，他竟變成天國的司閽了。天國哪有門牆深鎖？此事只能以幽默感觀之。

（二〇一六・三）

愛恨「假公園」

目前，我住的這所房子，我稱它為「新居」。其實，也已經搬進來第六年了，只是相較於一口氣住了四十三年的「故居」，我習慣稱它為「新居」。朋友偶然經過新居，總無限驚喜，說：

「呀，好欸！居然家門口就有一個小公園！」

我非常不領情，反而帶着三分怒氣，回說：

「什麼小公園，根本就是個『假公園』！」

「為什麼是『假公園』，不是有草有樹嗎？」

「你仔細瞧瞧，那裏有塊牌子，說明這是建商買下的地，市政府嫌建地荒在那裏難看，就叫建商去『美化』。美化之後，等建屋的時候，就可以『法外得恩』，建屋率比別人多出一些——你想想，買建地來囤積居奇已經不是什麼好事了，現在假假地種它幾棵樹，養幾坪草，將來就可以多賺建坪，這種好事，為什麼偏偏都落在建商這種『有錢人』身上？這種事，叫人一想就生氣！」

許多人以為我是個慈眉善目的和祥女子，其實，我常有我「怒從心上起，惡向膽邊生」的時刻。

因為是「假公園」，因為只想把地皮弄得美美的去虛應一下市政府，所以建商只放二十公分高的表土，種它幾棵淺根的「黑板樹」。這種樹因為是外來種，禁不得台灣的颱風，所以逢颱必倒，倒了當然得扶，年年倒年年扶——後來建商也變聰明了，乾脆拉上鐵線，向四面八方作輻射狀，然後，用橛子固定。

唉，可憐的樹，可憐的五花大綁的樹，可憐的我的眼睛。可憐的大城市市長的思維。

想想，曾經，男孩女孩以為樹是永恆的，戀愛中的他們把名字刻在樹皮上，「義雄美花永結同心」，他們認為樹足以作個誠信的見證人，因為樹是屹立不搖的，是時間和空間的常態，樹皮可以作最美麗的「盟誓之書板」。

曾幾何時，樹已淪為廉價的商品，建商買來，五分鐘內草草栽下，通過官方檢查，證明他已「努力美化了預建地」，將來房子便可比「法定比例」蓋得大些，賣的時候可以多撈個幾千萬，或者上億的錢。

我記得我小時候，囤米的商人是可以判死刑的，因為米是民生必需品，靠大資本賤買貴賣，弄得有人會因為沒米吃而餓死了——這種商人，在那時代叫奸商，奸商槍斃，人人曰宜。

現在的台北市政府卻大發獎品，鼓勵建商（對，現在叫「建商」，不是「奸商」了）養地，地養着養着，就愈肥了，就愈有身價了，我們為什麼還要給他們「更大的容積率」作為獎品呢？這制度，是我們人民的僕人——市政府——想出來的，這些公僕還真是惡僕！這種「邪惡制度」，已非一朝一代之事了，我要反，也反不出個名堂，但罵幾句至少出氣。至少，可以「以警來者」。人類古今中外的官員，「圖利已獲利者」每每是常態，能懂得「公平」二字的人畢竟是少數。

我因恨這座「虛偽的假象公園」（台北市，這種臨時公園成百上千），所以從來也不想去裏面走走，彷彿與它有宿仇似的。但，六月來了，假公園中有一株開粉色花的「緬梔」，花兒旋開旋落，我經過時忍不住俯身撿起落花，花中猶含着
噘噘的熱帶花朵的郁香。我放它在掌心中看着，竟不禁對園中的這棵樹生出幾分感情來。這種樹，是從前我們小孩叫它「雞蛋花」的樹，那時代這種花一律是黃心白瓣，大家都覺得與雞蛋的蛋黃蛋白色組一致，所以叫它雞蛋花，雞蛋花的命名幾乎有些孩子氣。近年來才知道這種樹的花除了「黃白」組之外，還有「粉白」組，花市中粉白組要貴些。

假公園的正中央便種了一株這種樹，它的色組既非雞蛋色組，我也只好叫它粉色緬梔。

公園是假的，我一向有幾分恨它，但粉色緬梔卻是真的——然而，我應該也恨那緬梔花嗎？不能，當我把今晨落地猶豔的花朵撿拾在手，心中湧起的卻是不忍，是輕憐。

這假公園不久後便會在一夕之間煙消雲散，怪手一開機，眼前的紅花翠葉便立刻碎為紛紛劫塵，取而代之的將是建商經過合法允許的擴大了容積率的大樓。但此時此刻，掌心的緬梔花卻是真的，我想我要深睇其容，深憶其馥，並且深憐其明日或即夭亡的宿命——這種深慟，你同意稱之為「愛」嗎？

（二〇一六・八）

前方有一棵樹，她說

我身陷在一棟高聳宏偉的建築物裏，而我的目的地只是其中的一小間。為了捨不得讓自己走冤枉路，浪費了時間和體力，我一向總是逢人就問路——何況此處又是服務台，我於是說明自己要去的地方。

「哦，你向右轉，往前一直走，看到一棵樹，那就是下一個服務台了，你可以問他們。」

我立時很聰明地把她的話在心裏翻譯了一遍——我的聰明很少出現——但守株待兔，偶而也能碰上一隻。

我想：「唉！好心的小姐呀，你也少胡扯了，這是棟設備完善而且有效率的大樓，樓層大概高二百二十公分，既不通風，也終年沒有陽光，種樹？哪能呀！我猜，你說的樹，其實只是『一盆長着綠色葉子的小小盆景』吧？」

我於是右轉往前走了三十公尺，果真看到服務台，台上，也果真放着一棵她口中說的

「樹」——而那樹，也果真如我所料，是一叢連盆子和盆墊才不過身高五十公分的「小傢伙」，你就算把它移植到大森林裏去，它也仍然是長不成一棵大樹的呀！

唉，我輕嘆了一口氣，微笑，試圖原諒那位女子。她是善良的好人，但她住在都城太久了，連什麼是樹也說不清了，竟把一叢小灌木盆景說成是樹了！

至於樹，它該是什麼個樣子，那真是說來話長啊！

話說上帝造人，可不是亂來的，祂必須先造時間、空間，讓人類可以身心安頓。然後祂造日月，作為舞台燈光。造萬物，如金木水火土，算是舞台的佈景和道具。祂造伊甸園，算是演出劇場。此外，還有重要配角，那是動物、植物或者礦物⋯⋯。

戲要好，演出要精彩，主角必須和配角密切合作。主角要懂得飛揚之際須自歛，豔射之際有卑抑。太欺負配角，太搶戲，絕對不會串成一場好戲。

然而我們人類卻讓生物快速死絕滅盡，讓原始森林如遭天火，一座座變成焦土，然後，再變成水泥堡。連浩瀚無邊的海洋，我們也去屠其長鯨或斬其游鰭，乃至抽其石油，奪其深層水。甚至空氣，我們也有辦法把它弄得又熱又燥。就連雪山冰洋，我們也逐日逐月讓它爆裂澌溶。

在這個「地球之家」中，我們人類是個多麼邪惡的壞蛋啊！最近有個科學家預言，人類會在一千年後毀滅。這話，好像也犯不着這麼大陣仗，找什麼堂堂科學家來預警，只要問道於區區在下我也就可以了。

白居易說「老嫗能解」，原意是指「連無知的老太太都聽得懂呢！」我卻想把這句話翻一番新義：

「嘿！嘿！就連老太太我，也能來解釋給你聽呢！」

印度人論我們的生存空間，說的是四大：地、水、風、火。中國人則說五行：金、木、水、火、土。相較之下，我們更在乎在石器時代之後的耀武揚威的鐵器時代加上舒適安緩的木器時代，我們受惠於金木已經上萬年了。

耶穌誕生在馬槽裏，那馬槽應是木，死則釘在十字架，那十架仍是木。釋迦牟尼悟道於菩提樹下，那更是棵活生生的木。若不是有那棵菩提樹，印度的毒太陽當頭，是足以讓人昏倒的，何況他那時很可能已剃了度，頭上毫無遮蔽了。樹，和樹的涼蔭，是他的救命恩人啊！

至於孔子，寫《春秋》寫到獲麟，便決定封筆乃至封人生。麒麟是當時「瀕臨絕種」的生物，活活遭人獵殺，叫人怎麼嚥得下這口氣？

所以，照我說，孔子是被濫殺野生動物氣死的——不過，在人生一切都喪失之後，他生命中卻擁有最後一個夢，夢見自己坐在兩楹之間。所謂兩楹是指大建築物裏東西之間兩根大柱子，大柱子是殿堂的支點，大柱子是貴冑級的樹幹。用現在的話說，孔子預知自己會是一個「有歷史定位」的人，他是兩楹之間的尊者，事實上，他自己根本就是東方世界的兩楹啊！

曾經在跟我們同台演出的演員名單裏，樹，也算一個「大腳色」啊！

什麼時候森林滅屍了？什麼時候樹跟人居然成了陌路？什麼時候一個指路人竟會遙指一座盆景，說，那裏有一棵樹。

（二〇一七・一）

收藏在我案頭的美麗廢物

人生一世，在繁華的地球上走來走去，難免會碰到一些東西，因此也會收藏一些東西，「赤條條來去無牽掛」的人，畢竟不多。

但，該收藏些什麼好呢？那就要看身份和地位了。如果是大唐天子唐明皇，就不妨收個絕色美女楊貴妃，如果是昔日古代的非洲酋長，則大可以收一排獵來的人頭，作其自炫的擺設。郭台銘，這位台灣鉅富，曾為他死去的前妻買過一座歐洲古堡，以她的名字命名——啊，能把古堡當收藏品如小孩擁有樂高積木，真也不錯。只可惜郭夫人福薄早逝，來不及享用。

至於我們這種其他各色人等，上焉者可以收名車、珠寶、古董、字畫，下焉者則買些接近自己一日所得的小玩意。至於我，活了一甲子之後，十幾年來決定什麼都不買，要嘛，就只有「你丟我撿」……。

不過，撿東西，看來雖不要成本，卻也要費點心思，才有可觀。前人叫這種事為「廢物利用」。我想到「廢物」二字就不免神傷，唉，世間哪有廢物？「廢物」之說是人類發明的，而且看來像後期才發明的。因為甲骨文、金文裏都沒有「廢」這個字，小篆才有，《禮記》裏有這個字眼，說來已是周代的事了。周代就人類文明史來說，已是後期。

古人沒有廢物，原因大約是由於古人是靠上天的恩惠來生存的，日子過得不像現代人有那麼多大陣仗，大囉嗦……，古人渴了就喝溪水，餓了就吃山果，如果抓到兔子就吃葷，吃不完的，丟在地上自有鷹鳥會撿去吃。所以沒聽過世上有垃圾車。

就連大便，在那時代也不是廢物，沒多久以前（大約一百年前）鄉下農家小孩子的「家庭作業」（不是指「學校」叫小孩回家寫的功課，而是指「家庭」中自己叫小孩做的「勞動服務」）竟是到田野中「去撿大便」，以作肥田之用。但放野屎的人少（所謂「肥水不落外人田」），想撿屎的人多，結果竟會因撿屎而大打出手，大便甚至有個奇怪的名字——叫「水肥」。

《牡丹亭》，可算得一本最浪漫的明代傳奇了吧？你相不相信這本十分唯美的浪漫傳奇，整個戲的 action（這是洋人論戲劇愛用的字眼，姑且譯為「起興」吧！）是從一齣〈勸農〉開始的。女主角杜麗娘的老爸是太守，太守在初春必須去勸農，在勸農這個段落裏，作者湯顯祖借太守之口極力讚美「糞香」，……古今中外的文學作品中，我似乎不知道有誰敢大膽描寫這項「廢物」的。

話扯遠了，廢這個字，從文字學上看，是「广字部」，广讀作「演」，指「建築物」，建築物這三個字說得太文雅了，其實只是倚着山厓搭的「小違建」罷了，「广」字部的字多跟「空間」有關，例如廡、廨、廬、廳、廓、廟、廣、廂、廁、庵、庫、庭、廠。「广」字部中的「广」，說來，就是山厓之厓的「厂」。其實這種破房子，利用山的斜度搭成的，就算不塌不陷，以今人來看也是廢物，但我的朋友黃光男校長，小時候家裏就住這種房子呢！他說，人道「家徒四壁」，我家是連四壁也沒有的！「廢」，指的便是這種房子，這種房子垮了就叫「廢」。

所以，今日人類說的「廢物」，古人看來未必很可厭，而我桌上便收了一件不討厭的美麗廢物——橄欖炭。

橄欖炭網上有賣，不便宜，但我案頭的這一罐卻是好心的茶莊主人送的。

我憑什麼說橄欖炭是廢物呢？那是因為我們如果視橄欖果肉為正物，那麼橄欖核就是廢物了，橄欖炭是利用「作廢的橄欖核」燒成的，所以應該也算廢物，或者可以給它起個好聽一點的名字，叫它「廢物再生物」。文學史上倒也看過有人以橄欖核為材質來雕刻的美事，那篇文章記錄巧匠以橄欖核雕舟船，以及船上的雅士，文章的名字就叫〈核舟記〉。

能想到以橄欖核去燒炭，對我而言，倒真是聞所未聞的創意。

去歲三月，在廣東潮州，我有幸去拜訪某茶藝師，他用小爐燒炭瀹水，空氣裏全無煙燎味，只有一些清芬和暖香。我不免驚奇，問是什麼炭？他拿出一包跟黑寶石一般的小顆粒，一看便能辨出是橄欖核，我有點駭然，因為我一向以為台灣的相思炭就是極好的炭了，原來還有用橄欖核燒炭的，真是奇事啊！

茶莊主人見我欣羨不已，便說要送我一包，但旅途不便，我只接受了一包中的十分之一，那天的茶味雖雋，茶韻雖長，我卻更愛這一捧用橄欖核燒出來的黑晶一般的可堪煮茶的墨炭。

我在案頭用來裝橄欖核的小瓶是別人拋棄的日本清酒的玻璃罇，透明的酒罇放在一塊三十公分乘以三十公分的瓷磚板上，瓷磚板因破裂，遭瓷磚公司拋棄，我撿來，用木板重黏，儼然有中古時代拜占庭教堂鑲嵌藝術的風格。

收藏者和收藏物之間，常有其不容易說得清楚釐得明白的因緣和愛恨和思維，兩者幾乎有某種DNA血源的神祕牽連……。

火微藍，茶湯初沸，單欉茶正釅，一年前那個午後的潮州經驗，在審視一枚橄欖炭之際，又暖暖馥馥地香到眼前來了。

（二〇一七・四）

茶葉可喝，那，茶枝呢？

朋友的母親是台灣南投人，南投的特點是人少山多。我的朋友如果從母系血統來看，是「山的兒子」。

山上可以「靠山吃山」的產業不多，他的家族中據說有三百人和茶業有關。

這位「山之子」有天對我說，他要由台北返鄉三天，因為有親戚喬遷新居，問我要不要同去作一趟山旅，我很興奮，就答應了。

我的山鄉之行重點是看竹藝，我的朋友卻想去買茶葉。哎，說來「本省人」和「外省人」畢竟有些不同，外省人只有一堆朋友，本省人卻有一堆親戚。那天我的朋友一口氣買了二十四包茶，我當下看得目瞪口呆，他說有的要送親戚，有的是代購。我其實有點搞不懂，親戚多這件事，到底是好還是不好？（因為如果碰上「壞親戚」，只一個，就夠你瞧的。）

我本來坐在一旁觀望，但看他買茶買得火火的，又去後車廂拿大紙盒來裝，也禁不住想買幾包，但我無人可送，因為「外省都市人」你不能隨便送他禮物。例如我有個朋友只喝酒，不喝茶，又有個只喝咖啡，另有一個只在早餐喝加奶的紅茶，還有一個只喝文山茶，更有一個，只信任歐洲礦泉水……。這些「有個性」的外省人，你若摸不清楚，還是少去送禮為妙，所以，我買茶是為自己買的。

朋友選好了茶又忙着打電話給茶行老闆，老闆人在深山茶園，看來朋友得到了一點折扣。我因只買了兩包便宜貨，不好意思開口比照要求。

我買的那包便宜貨可謂「超級便宜」，之所以買那包茶，是因看到它的名字而好奇，板架上貼的貨品名稱叫「茶枝茶」。它的標價是兩百元一大包。我把朋友叫過來，說，咦，「茶枝」也能喝嗎？

朋友為人謙遜，他不好罵我笑我，卻說出一番比罵人笑人還毒的話，他說：

「啊呀，茶枝？不好喝啦，一般人是在辦喪事的時候用它，辦喪事，人來人往，都用好茶來招待，那要很多錢哪，所以就用這種茶枝，泡它一大桶來給客人喝。當然啦，有些不講究的餐廳也拿它泡給顧客喝。」

我本來想，茶枝茶，我這輩子都沒喝過，不知是何滋味，不妨一試。但聽朋友一說，我忽然想，咦，搞不好我是喝過的，餐廳裏的茶向例難喝，很可能用的就是這種茶……。

但我對這間朋友的朋友所開的茶行卻有幾分信心，第一，他多次得獎，第二，他不過度包裝，第三，茶行也不刻意作「高雅佈局」，店裏風格樸素安靜，像歐洲修道士開的店。事實上，後來一打聽，這位茶葉達人還居然是一位教會長老，他不煙不酒也不嚼檳榔，是個理想的製茶人。不過，最讓我想要「冒險」買一包來試試的原因是由於茶包前有一行小字，上面寫着：

「這是得獎的冠軍茶的茶枝」

唉，想來得獎的是「尖子」，是茶樹巔上嫩嫩的「一心二葉」，然而同為一樹一枝所生，老大既是天才，老二應該也還好吧？他們之間的差距是一點五公分。

何況我近年因為籌劃要為身後留一筆基金，欠下銀行兩千萬台幣的貸款，所以發心要過「志願貧窮」的生活，兩百元一包的賤價茶葉很該一試。想想，冠軍茶一斤是要十幾萬台幣的呀！

於是，那天便很「壯烈」地買了那包「超賤價」的茶回台北了。以我的生活守則，如果此茶很難喝，我也一定會把它喝下去，而不會丟掉它。這樣一來，我很可能要為它受苦一整個月。

答案很快就揭曉了，那天晚餐後，我照例泡茶，給自己，也給家人。大概因為我對這茶毫無期望，所以不但沒失望，反而十分驚喜。茶湯該有的香和韻，它完全不缺，原來那茶枝上也附有幾片茶葉的，這身份不夠高貴的茶枝茶梗，居然也有其暗暗的無以名之的幽芬。呀，這種不入流的便宜貨，竟也有其樸實淳厚的雅正滋味，是山嵐和陽光和雨露以及習習谷風所共同搏揉而成的。

擁有一包茶枝茶，讓我今春的茶盞中，別有一番意外的來自山林的因惜物深情而生的馥郁祝福。

（二〇一七·五）

親愛的，請你聽我說兩個故事

是的，沒錯，我稱你為「親愛的」，因為你正坐下來，因為你肯聽我講兩則不知是好聽還是不好聽的故事，我很感激。我是江湖說書人，而你，是來「捧個人場」的觀眾。

話說從前有對老公公老婆婆，在河邊撿到一枚漂來的桃子，掰開桃子，裹面蹦出個小男孩，因此取名為「桃太郎」（哈，哈，你猜對了，這正是日本桃太郎的故事，家喻戶曉的）。桃太郎一夕數變，不到一個禮拜就成年了，成年的桃太郎請老母親為他做了一堆黃米糰子（親愛的，別插嘴，黃米是什麼米，我也不懂，請教了一些人，好像是比較黏的小米），他揹着，便四處去招兵買馬起來，有黃米糰子作軍糧，他的背後遂跟着貓呀、狗呀、猴子呀……，他們的任務是什麼，是要去打一座島，名叫鬼島，（哎，哎，親愛的，別問我，鬼該住在海島上嗎？我也不知道哩！我所知道的鬼都比較愛住在另一個地方——就是人類的心宮裏。哎，不說了，親愛的，讓我把故事講下去吧！）好，他們到了鬼島了，鬼王一聽說大軍壓境，便嚇得跑出來投降（對，對，親愛的，別吵，鬼既不是血肉之軀，難道怕桃太郎來殺頭嗎？我也不知道桃太郎是憑什麼本事「三分鐘亡鬼島」的）。總之，鬼島之王，照桃太郎的吩咐把金銀珠寶都堆在桃太郎腳下，桃太郎於是捲起珠寶，志得意滿，班師回朝了，那些貓、狗、猴子也都一起耀武揚威地回到日本本島，從此過着快樂幸福的日子。這個故事的教訓是什麼？哎，哎，親愛的，你還真是個「老式的聽眾」，不過，好吧，你既然問，我就說一說。第一，那位桃太郎是漂來的。第二，他很快長大了。第三，他準備了一些軍糧，靠這些軍糧，他居然組成軍隊。第四，籌軍糧不易，搬運軍糧更不易，所以必須速戰速決，必須「三分鐘亡鬼島」。第五，名不正則言不順，所以要把對方醜化為鬼，打鬼是偉大的事業，所以，可以做。鬼王獻出珠寶，那更是天經地義。可是，到了二十世紀，桃太郎，卻來打中國了。他們這一次希望「三月亡華」，但中日戰爭打了八年，軍備方面可不是靠幾隻黃米糰子就能解決的呢！

好了，親愛的，以上是日本的桃太郎故事，接着，我再來講個橘叟的故事給你聽。在講之前，我先講一段楔子。我去年到成都演講，講完了，主辦黎先生帶我在附近逛逛，逛着逛着，他忽然說：「邛崍就在附近。」我一聽，大為振奮，立刻大叫說：「帶我去，帶我去，這是神話裏的地方呀，不料今天我們竟走到神話裏來了呀！」同行的人都不知我在講什麼，我一時也不想講古。其實，親愛的，我要跟你說的《玄怪錄》（或名《幽怪錄》）中的橘子故事，就發生在邛崍。

我們真的到了邛崍，找到一家茶館兼書店的地方坐下，抬頭一看，後院裏真有一棵橘子樹，樹上待採的橘子真有嬰兒頭那麼大，我十分驚奇，原來古人就算寫小說，背景道具也都能自圓其說。橘叟的故事，就是講兩隻大橘子裏住着四個老人，親愛的，你好像懂點文言吧？有些地方，我就直接唸給你聽吧！

> 有巴邛人，不知姓名，家有橘園。因霜後，諸橘盡收，餘有兩大橘……，巴人異之，即令攀摘，輕重亦如常橘。剖開，每橘有二老叟，鬢眉皤然，肌體紅潤，皆相對象戲。身長尺餘，談笑自若，剖開後亦不驚怖，但相與決賭……。

他們玩象棋是帶賭博的，但賭的不是錢，而是些希奇古怪的東西，例如「瀛洲玉塵九斛」等。其中有位老叟說：「橘中之樂，跟我們從前在商山一樣樂（看來他們是「商山四皓」），但不得深根固蒂，總有討厭的笨蛋來摘我們！」另一個說：「我餓了。」就去袖中抽出一根長成飛龍形狀的草根，自顧自地吃起來。他削一片吃一片，草根又自動長回原狀。吃完了，他口中含水把草根一噴，草根立刻變成長長大大的夭矯飛龍，載着他們四個老叟，飛到不知何處去了。說故事的人說，相傳是陳、隋年間的事，書寫者是唐朝人。

唉，親愛的，你問我為什麼講這個故事，因為五千年來，國人羨慕的生命情境可能就是這樣的吧？活到老，有幾個知己朋友，把自己封在一團安全的小窩窩裏，依着棋盤的規矩，玩着天長地久的對奕遊戲，視富貴利祿如浮雲——這沒有什麼不好，如果全球的人皆如此和樂知足與人無爭，未嘗不是美滿世界——可是親愛的啊，世界如滾輪，容不得我們躲在芬芳馥郁的大橘子裏，人家要摘我們剖我們的時候，我們要怎麼辦呢？而親愛的啊，你我都知道，不是人人都能弄一隻飛龍來搭乘跑開的。

桃太郎太像日本人，橘叟太像我們自己國人。今後日本人要走什麼路線我們管不着，但我們自己呢？總要過些比「小確幸」更多一點的日子吧？苦難未必只發生在中日戰爭啟端的一九三七那一年。

——寫於二〇一七年七月七日，抗戰八十週年，台北・東門

（二〇一七・七）

半粒米和山溪小蟹

二〇一二年，泰國國會議員訪台，這，當然是他們日常的例行活動。我當時任第八屆立委，於是跟他們座談並吃飯——這，當然也是我方的例行活動。

當立委不必跟所有各國人馬來往，只須事先指定幾個志願地區就可以了——不過，我幹麼選泰國呢？是因為我一向關心泰北，唉，說到泰北華人，那真是千言萬語也說不完……。

酒席，設在立法院專擺酒席的地方。場面嘛，當然不能太寒傖，但也不敢奢華，必須維持「不挨媒體罵」的水準。

泰人來訪，無非是來示個好，彼此客客氣氣，說些什麼祝雙方領袖政躬康泰、人民安和樂利的話……。

菜上着上着，我又犯起我的老毛病了，當下跟侍者說：

「給我半碗飯。」

「只吃菜，不吃飯。」這種筵席規矩在台灣差不多行之有三十年多了，但對我來說卻是「是可忍，孰不可忍」！明明說了吃飯，怎能不給人米飯吃？

聽我「要飯」，當下便有幾位臉皮薄的客人也就「跟着順便」要了。有人喜歡米飯，我有點高興起來。

這一高興，就話多了。我說：

「說到米飯，哎呀，你們泰國米也挺好吃的呢！」

眾泰國議員連忙點頭附和，一點也不打算謙虛。

「是啊，是啊，我們泰國米真的很好吃吶！」

桌上的氣氛忽然熱絡了，雖然他們仍然不會說華文，我們也仍然不會說泰文，但由於興奮，大家的英語好像都立刻順溜起來了。就像口才笨拙的大媽，你若跟她談起她兒子，她就跟你說個沒完沒了……。

「你知道嗎？幾年前，我去泰國看看戒毒工作，台灣的『晨曦會』常到世界各地去做戒毒工作。那天我們從曼谷趕到泰北，已過了午餐時間。戒毒村一般經費都不足，吃的也就簡陋，但他們煮的飯卻很香，我忍不住又添了飯。只是那飯有點怪，是用『半粒米』煮的，我這輩子吃的米飯都是『整粒米』，怎麼會有一種『半粒米』？他們告訴我，為了省錢，他們就買這種

『半粒糙米』來吃，便宜多了！奇怪的是，在泰國，連這種『半粒糙米』也很好吃呢！」

泰國客人也都萬分同意，我並不是刻意討好他們，也不是特意安排的外交辭令。事實上那半粒米的小事我早忘了，只是在餐桌上因為「喜歡米飯」而厚着臉皮去老老實實「要飯」，因而想起往事，因而帶動了整個餐桌氣氛。

然後，幾位議員湊着頭嘰哩咕嚕了幾句，大家一致同意，說：

「哎，我們覺得你長得像我們的╳╳╳議員，她也是女的，年紀也大，而且，也注重環保，也直話直說……。」

有人就拿出手機來找她的照片，果真找到了，一看之下，也果真有三分像——不過一個七十歲和另個七十歲的人，本來就會有點像。就如嬰兒，除了極美的和極醜的少數例外，其他嬰兒，遠看都差不多。

既然話題熱絡起來，我就乘勝又講了一段吃的故事，恰如北方人說的：「老太太抖包袱，抖着抖着就抖出一堆貨來了。」

「那晨曦會泰北分會的黃牧師，他開車載着我們在泰北山野裏跑，當然一路都隨便吃。戒毒村常設在山野，一方面土地便宜，二方面不影響常人生活，三方面，戒毒的人也弄不到毒品……。有一天，已經黃昏了，我們還在路上，天都漸漸黑了，山中景色很美，可是，我心裏想，這樣的荒山野嶺，叫我們到哪兒去吃飯呀？這時候，忽聽黃牧師拿起手機，說：『我們就到了，你們快準備晚餐，有客人，加點菜。』我心裏想，加菜，怎麼加呀？這個時間，這個地點——黃牧師又發話了，『加盤炒蛋，去溪裏多抓幾隻小螃蟹來！』

「黃牧師自己也曾是吸毒之人，現在卻洗心革面，成了牧師，助人戒毒。他所說的『加菜』果真很有效率地出現在餐桌上。

「蔥花炒蛋鮮美柔嫩。至於小蟹，身體直徑大概只有五六公分，但我一路上都看着那條清淺湍急的山溪，知道小蟹的原產地，格外覺得滋味無窮。

「王永慶、郭台銘、李嘉誠，他們因為有錢，很可能吃到我們常人不容易吃到的美味。但窮窮的我吃過『泰國特價半粒糙米』，這可不容易呢，吃過的人想來不多。至於泰國深山綠澗中臨時抓來的小螃蟹，也不是都市人輕易可以遇見的美食！」

客人紛紛點頭稱是。因為我開口要了一碗飯，因為故事，那天的筵會竟變得值得回憶了。

（二〇一七．九）

受邀的名單中，也有他

我去參加一個晚輩的婚禮。

五六十年前，如果有人要結婚，好像必須先去照相館拍幾張結婚照，立此存證。四十年前，開始流行「美美的婚紗照」。到十年前又不一樣了，新人會在現場提供「微型電影」，男女主角當然是新郎新娘啦！

那一天，電影快終結時，鏡頭中穿着婚紗的女主角忽然唸起她的動人台詞來：

「啊，人生的路程這麼艱難而漫長——要是有一天走不下去了，怎麼辦？」

當下男主角勇敢挺身應承，說：

「走不下去，還有我——」

鏡頭中他一個箭步，一把抱起新娘，往小路的盡頭走去。新郎並不十分壯碩，但也總算走了十步，攝影師照的是他的背影。如果照正面，我心中暗忖，天知道準新郎當時是否呲牙裂嘴，額頭冒汗……。

面對這麼動人的愛情宣言，我竟掩嘴偷笑了。

我想說的是：

「喂，小妮子，你人生的路如果走不下去，只有兩個辦法：如果你沒有宗教信仰，你就靠自己咬牙苦撐。你若有宗教信仰，你就跟上帝說：『求我主垂憐。』要想靠丈夫抱着你度過災厄，那——嘿，嘿，可難了。

「他現在抱得動你，十年後就很困難（因為他老了一點，而你又重了一點）。二十年後叫他抱你，他會閃到腰。四十年後你叫他抱你走三步，他會跌跤。五十年後，他會說，『你神經呀，你沒看我自己都走得危危顫顫的，你要我跌死呀！』六十年後，唉，六十年後他可能落跑到不知何方的他方去了。」

婚禮影片中的男主角並沒有撒謊，但他那句大話根本不像真實的話。照我看，他像在「吹牛」——或云「膨風」，或云「砍大山」。其實，他應該說：

「親愛的，人生實難，但我若有能力揹你就會揹你。揹不動，就攙扶你。如果我有一天連攙扶你的力氣也沒有了，那，我就用好言好語勸慰你，如果我更衰弱了，說不定反而要你來護着我——總之，人生很艱辛，『安危他日終須仗，甘苦來時要共嘗。』這句話原是一位英雄贈給另一位英雄的，我倆雖非英雄，但人生艱險處亦如沙場，所以，這句話也很適用。我們既然上了同一條船，海象又如此驚怖，就同舟共濟相互壯膽吧！」

眼前這位年輕的新郎，其人英挺、忠誠，且有他對生活的自信，加上他對前途的理想，他不知不覺就把話說得太滿了。其實，這一生，任何人，如果叨天之幸，沒有遇見大型地震和大型水災火災或土石流來滅村，沒有遇見大小彗星擦撞地球，沒有遇見瘟疫，沒有遇見戰爭或文革，（「文化」和「革命」真是個美麗到不能再美麗的「災難」代名詞啊！）當然，「經濟崩盤」最好也別碰上，而且，自己和家人也沒罹上什麼古怪難治的疑難雜症，兒孫晚輩也沒發生些什麼吸毒嗑藥之類的鬼毛病……，那麼也就算走在康莊坦途上了。

卻有一樣，除非你有幸早夭，是躲也躲不掉的，那就是：

老

那天，「婚禮電影」中的男主角雖是個誠信君子，卻於無意中說了吹牛式的謊言，而新娘居然也笑咪咪地、傻乎乎地接受了他的明顯可看穿的謊言。

其實，他們身邊另站着一位，他也正在咪咪笑呢，他的名字叫做：

老

老，也在出席賓客的陣容裏。但這對新人不知道。他們忘了，婚姻的「定義之一」就是

「偕老」。牧師主婚時，「老」就拄着拐杖站在新人背後，而他們兩人卻渾然不知。

他們此刻太快樂，所以沒聽見「老」說的話，「老」說：

「小孩子啊，你要信口開河就信口開河吧！如果謊言讓你們快樂就謊言吧！我也知道真話是不好聽的，但要知道我老人家在你周邊是每分每秒須臾不離的呢！我會滅你的氣焰，長你的智慧，我會增廣你的見聞，擴大你的度量，但也會脆化你的骨骼，鬆懈你的肌肉，昏眊你的眼睛，渺茫你的耳朵。今日席上所有的貴賓吃完最後一道甜點後，一剎時都會煙銷雲散，唯獨我，會留下來，跟着你們一路走，一路走，直走到生命的盡頭……。」

這時，忽然，音樂響起，婚禮儀式完成了。新郎新娘在觀禮賓客擲來的如密雪般的彩紙中快步穿過甬道匆匆離去。

老，趕上他們，亦步亦趨，一路同行。

（二〇一八・二）

有事——沒事

宜蘭縣要為小說家黃春明辦個活動，我雖正忙着，卻很利索地決定：要去！

為什麼決定得那麼利索？因為，我想，這是黃春明的晚年盛事，能從癌的劫數裏逃出來，不容易。這個好日子，陳映真可能也想來，可是他來不了啦！尉的身體也不容他自己跑到來回一百公里以外的地方去了。尉的妻子，當年何等活蹦亂跳在編着文學刊物，卻也早早仙逝了。楊如果要來，恐怕也得有個專人扶着。我如今好好的，幹麼不跑它一趟？雖然要花掉一整個工作天。但大典中如果只見晚輩，也怪傷感的。

中午到了宜蘭，接我的人說，要先去吃飯。飯館是黃春明喜歡的那一家，飯菜很實在，客人很多，我們的人佔兩桌，我們得自己拿筷子。侍者送來一隻小黑桶，桶中裝些黑筷子，他要我們自己傳自己拿（因為位子擠到侍者無法鑽進來伺候）。奇怪的是這筷子加筷籠加上抽取的動作，看着竟很像在神明面前抽廟籤似的。

於是就有人叫了一句：

「這簡直像在抽廟籤呢！」

大家都一面笑，一面「抽筷子」。座中有人便說：

「不用看了，大家的籤上面都寫着『平安無事』。」

滿桌的人都微微一笑。獨我嚕嗦，不以為然，便說：

「這『平安』兩字倒是好，但『無事』卻是華人的奇怪的思維。為什麼『沒事』才是『好事』，『有事』好像就是『壞事』，太奇怪了，華人怎麼這麼『怕事』？像今天，就是『平安有事』，有好事，有喜事，這才好嘛！有事我們才在這裏相聚，有好朋友可以聊天，有好東西可吃，有好文化可以傳承，我倒希望多有點『事』呢！」

觥籌之間（其實那天沒酒），大家雖也附和我，不過，語言這東西太強了，現實生活中，華人潛意識中還是幾乎認定「事無好事」。以後，碰到親友有難關的時候，他們，或我，還是會脫口說出這樣的話來：

「放心，放心，會『沒事』的！」

我想，在古往今來，溟漠無垠的中國大地上，大家喜歡的大約是春耕秋藏無災無厄的家常日子，此外，什麼事都別發生才好。

舊式小說裏，描寫夫妻久別重逢，用的話非常怪，年少時的我琢磨半天也搞不懂是什麼意思，那句話是：

「一宿無話。」

哎，古怪啊！男女久別重逢，什麼情節都可能，兩人可以鬥嘴，可以談論別後相思，可以訴說生活委屈，當然更可以有大小程度的性事……，怎麼就一筆略過，變成敷衍馬虎的「一宿無話」了呢？

這句話，如果要翻譯成外文，就變成「他們倆，一整夜都沒有講話」嗎？還是「關於他們，身為作者的我，無可奉告」呢？或者，解釋為「由於生活回到了常軌，一切都順當了，所以也就過了平平穩穩沒什麼『事兒』的一夜」？

「一宿無話」其實應該就是「一夜無事」的意思。而「一夜無事」又是「一整夜都安寧，沒發生不好的事」的意思。

這種農業社會裏「凡事平平安安就好」的基本願望，往好處說，會讓人安詳自足，並且維持恆常的生活秩序，人與人之間也相對會比較和諧。但往壞處說，「無事」的人不會有成就，「無事」的小說不會精彩，「無事」的社會無法進步。

如果，兩百年前，有個冒失鬼跑到某家門口大叫一聲：

「唉呀，王先生呀，出事啦，出大事啦！」

王先生想必當下魂飛魄散——奇怪的是，主人絕不會仔細問一下，出了什麼事？好事還是壞事？

在從前，大戶人家如果養了孩子，特別是男孩子，必須好好培養他，不要有「好（讀去聲）事」的基本人格（女孩子就更不必說了）。當然，更不可喜歡「生事」，或者「惹事」。家常過日子，則更要遵守「多一事不如少一事」的金科玉律。至於主動去「攬事」，則「攬事」這個動詞前面的主詞經常是「壞人」，「好人」是不會去「攬個事」來幹的。

《紅樓夢》裏倒是出現過一個愛攬事的人，她便是王熙鳳。這位鳳姐兒在《紅樓夢》裏其實至少算得上「半個壞人」。不過王熙鳳如果生在今日，她倒可以做個「企劃案策劃兼執行人」，例如「大觀園中行道樹之革新佈局案」或「賈府二〇一九年房地產之投資規劃案」。

在《世說新語》〈賢媛〉篇中有個媽媽，她勸女兒嫁到婆家以後，千萬別「多事」。她的「新婚建言」竟是「慎勿為好」。女兒驚訝，「不做好事，那，難道要做壞事嗎？」「胡說，好事都叫你別做了，壞事當然就更不可做了！」

這位老媽姓趙，也非等閒之輩，是個能詩善賦的知識份子。她之所以這樣說，是希望女兒的婆家不要因為多了一名新成員而多出些「事兒」來。什麼新觀念、新作風最好一概都不發生，畢竟，人家是娶媳婦，不是聘請「家園鼎新改革委員會」的會長。所以，如二戰時期新聞界流行的一句話：「沒發生事情就是好事情！」

在中國，做神明，其實很清閒，只要負責保庇大家「平安無事」就好。為了確保子弟不「鬧事」或「生出個什麼事來」，張愛玲小說中的某個母親居然引誘兒子抽大煙，讓他沒氣力跑出去做個「生事的人」。

唉，如孫中山所說，未來的華人，希望能少些愛「做大官的人」，多些愛「任大事的人」，要挑大事，必須性格上就好事。願上帝賜福華人「平安有事——有好事」。

（二〇一八・六）

浪子大餐

週末，丈夫和孩子一般會在家，今天湊巧，他們二人都早早就出門去了，我非常快樂，覺得自己可以做一整天單身貴族，太好了！我大可以「為所欲為」了。咦？「為所欲為」？這話聽起來挺熟，簡直像《坎特伯里故事集》中巴斯婦人的詭異故事了。

奇怪，難道家中有他們在，我就是不自由的嗎？嗯，說不上來，身為「兼職家庭主婦」，總覺家中有人時自己就必須「在線上」，是個規定隨傳隨到，垂手伺立（standby）的角色。

好了，好了，今天他們二人皆有事走了，我可以好好過我要過的日子了。但是，我又能變出什麼花樣來，「自由」，只不過是我的幻覺罷了。

且慢，這一天，我不算虛度，我發明了「浪子大餐」。浪子吃什麼？應該十分奢華吧！——哈，哈，我暫不宣佈，不過，我也常是個愛擺「無一字無來歷」的教授，這典故你去翻新約聖經就可以找到了。此浪子名震今古，可不是等閒之輩，林布蘭還畫過他呢！不過我卻嫌林布蘭把浪子畫得太老了，是個禿了頭的老浪子。我希望看到個年富力旺，有強大犯罪能力的年輕浪子，太老的浪子，即便回頭是岸，也來不及與老父相擁相抱了。

這則「浪子故事」出自耶穌之口，非常經典，狄更斯甚至認為是篇上乘短篇小說。當然，人讀書都是「各取所需」，這故事在小說家狄更斯看來幾乎是「小說範本」，在牧師的講章中當然是教訓眾浪子要趁早回頭的教材。但我，今天只想用它在廚房中「大展身手」（不對，是「小展身手」）來做一道「浪子大餐」。

「浪子大餐」長什麼樣呢？我姑且把浪子的生平分為五個階段，這「浪子五階」如下：

第一，富貴之家的受寵么兒期，這段時間，他吃得想必不賴。不過這段時期，他還不是正式浪子，只是「醞釀策劃要去從事浪子生涯」的小屁孩。

第二，前期浪子，跟父親強索了遺產（雖然老父未死），出外花天酒地，廣結美女俊少，少不得大魚大肉恣口腹之慾，這段時期，吃得當然比家中更奢華。

第三，後期浪子，此時手中金盡，朋友離散，衣食無着，不得已去為人牧豬（耶穌故鄉那一帶不吃豬肉，嫌髒，「養豬」因而是賤業，與「牧羊」一事不能同日而語），弄得忍飢缺食。

第四，浪子歸家初期，這傢伙終於想明白了，來了個「人生髮夾彎」，直奔父家，自忖回家後，「大不了，不做兒子，打零工」，也勝似流落異鄉。結果，是喜劇結束，老父認了兒子，大擺筵席，廣招親友，對兒子歸來認為是重拾重寶——這段時期，浪子當然吃得不錯，雖然浪子那位忠厚老實的大哥在旁邊看着，心中不是滋味。

第五，浪子歸家後期，一切回歸正常，浪子變得知足感恩，家中吃的也就只是「正常」的「家常菜」了。

那麼，我所說的「浪子大餐」是哪個時期的浪子呢？答案是第三時期——浪子最落魄的時期。豬的主人不提供食物，浪子就跟豬搶食「豬哥大餐」，豬吃什麼呢？豬吃豆莢——豆子當然給人類吃了，剩下的豆莢則輪到豬吃，浪子居然跟豬對搶，頗有「剋扣豬糧」之嫌。

浪子和豬既然都靠豆莢維生，而且，浪子還頭腦清楚，懂得父子無隔宿之仇、回頭是岸的道理——則顯然，豆莢還是不錯的養生食品呢！至少沒讓他因營養不良而弱智。

好了，這就說到我的「浪子大餐」了——其實，說穿了就是「豆莢餐」啦！

豆莢沒處買（應該有，但我沒去打聽），我用的是自家的廢棄物。我家廚房中偶而供應鹽味毛豆。帶莢的毛豆買回來，稍洗，用玫瑰鹽抓一抓，放在不鏽鋼盤中，入老式大同電鍋內，不放水，乾炕，我喜歡多炕幾次，讓外皮有些焦香，一般要炕它四五次。兩次之間還要記得把鍋蓋上的水蒸氣擦掉，我希望毛豆乾些，是希望能吃到特殊的烤豆香味。

其實，在台灣，想吃帶莢毛豆很方便，超商24小時有煮好的小包供應，這是日本人喜歡的下酒菜，也是台灣外銷日本的熱門食物。外銷之餘，順便也內銷一下，所以，消費者很容易買到。而且，也許加了小蘇打，豆莢的皮碧綠，又撒上粗黑的胡椒粒子，賣相很不錯。

大約，十年前，有一天，我忽然想，這烤毛豆這麼香（別忘了，我放的是玫瑰鹽呀），何不來利用我的壓力鍋，把剩下的豆莢煮它一鍋素高湯，再放點紫菜蛋花和蝦米，豈不又利用了一次？想着，便動手做了，家人嫌我煩，不過也乖乖喝了。這道「毛豆再利用湯」，喝了也有十年了。

今天，家人不在，是我的「自由日」。我想，這毛豆，好像還可以作第三度的利用，我以前怎麼都沒想到過？好，趁他們不在，我用自己作白老鼠來實驗一下。於是把一包集中放在冰箱冷凍室的豆莢拿出來，先熬它白白的一鍋素濃湯，然後，把煮過的豆莢撈起，塞三條在嘴中，慢慢咀嚼起來。毛豆莢的外皮很粗，但內膜卻柔美可食，嚼着嚼着，只覺口中充滿新春歲月中來自大地的新祝福。在我吃了豆子又喝了湯之後，竟仍有內膜餘惠可以供養我的口體。

而我行年七十有七，口中並無一顆假牙，還有本事去「嚼穀嚼穀」食物，真是幸運啊！你覺得我在受苦嗎？不對，我覺得豆莢的內膜真的很好吃呢！我嚼完了，把渣吐了出來，卻沒丟掉，準備拿它去花壇肥花，接着，我把整盤全吃了。

我這樣做是因我曾祈求上蒼，說：

「幫幫我，讓我有辦法去過『志願清貧』的生活——在我的餘生中。」

三年前，我發願想攢一筆基金，供我身後助人之用——所以，更想要過得儉節些。

耶穌所講的浪子，其人在吃豆莢餐的時候，想必也覺不錯——因為飢餓。

我很滿意我新發明的「浪子大餐」，當然，如果你要嘲笑我也可以，因為，既說儉約，幹麼不用普通鹽而用了比較貴的玫瑰鹽？這一點，我也真的有點羞愧，不過我用得很少，而且，這鹽也發揮了三次功能呢！在豆，在湯，加上，在皮。

（二〇一八．七）

輯四／「人為萬物之靈」，真的嗎？

「人為萬物之靈」，真的嗎？

「人為萬物之靈」，真的嗎？

那要看這句話是誰說的，如果只是人說的，那就未必有道理。假設狗狗會說話，你猜，這句話會說成什麼樣子？在民主意識高漲的今天，也許應該集合所有的「動物」「植物」（乃至「礦物」）大家一起來投票。我猜，高票當選的一定是「蟲類」，因為「蟲口」要比我們的「人口」多得多了。搞不好當選的傢伙就是蟑螂呢，當然蚊子的勝算也不小！

好吧，也許我們來改口，說「人為萬物中的一員」（或者說「人是『億物』或『兆物』中的一個」），說得更真實一點，不妨再加一句註釋——將來害死地球和萬物的就是他。

所以，所以呢——

所以，我們有空的時候應該多看看我們的「萬物伙伴」，看看他們素樸而天真的生活，並且從其中學習人跟「大自然」之間「自自然然」的關係……。不過，這話說來容易，要在生活中抬頭可以見到長頸鹿，低頭可以發現丹頂鶴，那恐怕要溯着歷史跑回亞當夏娃的伊甸園去才行。就連二千五百年前的孔子，也沒看過麒麟——哦，不，他看過，他看過一隻被獵人射死的。他為此氣昏了，連大作《春秋》也不肯再寫下去。

自從有了都市之後，動物和植物都跟人類劃清界線，連普普通通的小狐狸、小兔子、小飛鼠都不再在我們生活裏出現了。如果要看到鯽魚，可以，牠在餐桌上的餐盤裏躺着。想想，成語裏說「多如過江之鯽」，就是說此魚多得不得了，但如今的小孩卻一條也沒見過——我是說，在河裏。

動物園，就是這時候發明的一項罪惡，但怎麼辦呢？如果沒有這項罪惡，我們恐怕終生都看不到我們老祖先一向看到的老朋友，我們內心深處是會悲傷的啊！

所以，我們把大象關起來，把蟒蛇關起來，把孔雀關起來，連大大的鯨魚也一起關起來……。

每次，走入動物園，我都會從心裏道歉：

「對不起，對不起，請饒恕我們人類……。」

我有點口齒不清了，因為自覺理虧。但台北木柵動物園還算好，因為他們常收撿落難的動物。有次有隻小穿山甲從南港202兵工廠跑出來，迷了路，他們為牠養好了傷，放回市郊的淺山區。

動物園讓我們學會許多知識，並且懂得要付出該有的溫柔。有位蒙古籍的詩人尼瑪來台後，回去北京很興奮地跟大家形容台灣，說：

「台灣人真友善，他們居然叫一隻大象做爺爺……。」

林旺，那隻大象，牠何止是爺爺，從一九一七到二〇〇三，牠總共活了八十六歲，牠是三四代人共同的記憶，牠是我們的曾爺呢！牠來自緬甸，跟國軍共同參加過艱困的抗日戰爭，等於是個辛苦的運輸兵。原來，牠也是一員「老兵」。哎呀，牠跟我們之間的故事長着哪！牠當年渡海來台，可不是一件小事啊！

啊，我真希望有一個動物園節，在那一天，我們請眾動物離開籠子，到園中散步，在那一天，我們請各種人類坐在籠中供動物觀看，白的、黑的、黃的、紅的、裹着小腳的（如果當今還有這種人活着的話）、被銅環拉高脖子的、紋身的、老的、小的、長出六個指頭的……。唉，你會嫌我的想法詭異嗎？

人於他人要常存感激心和疚負感，這樣才會去善待別人。對動物，也當如此。要知道，牠們是上天注定的，要和我們一起好好承受天恩地惠的伙伴啊！

（二〇一三・六）

說到「麗」這個字的模特兒

(1)「蝙蝠＋鹿＋仙桃」和「鈾＋鑽石＋稀土」

鹿無處不在，牠在亞洲，牠在非洲，牠在美洲，牠在歐洲，牠在澳洲。古代中國有「逐鹿中原」或「鹿死誰手」的成語，可見那時候跟着鹿跑的人還真不少。《詩經》裏有〈呦呦鹿鳴〉章，指的是陽光下、溪水旁，羣鹿相呼去吃水草的和樂畫面，詩人用此來象喻君臣之間的相從相得。

在華人的世界裏，「福」「祿」「壽」三樣事被認為是人生最完美的幸福。其中「福」用蝙蝠象喻，「祿」用鹿來象喻，「壽」用仙桃象徵，鹿一向是吉祥的獸。有了這三樣「動物」加「植物」相伴，人生才夠好！奇怪的是，現代人比較希望擁有的卻是「礦物」——鈾、鑽石或稀土。

⑵鹿，在冬夜的天空上

在西方，每到聖誕節，可愛的聖誕老人便出現了。他要送禮物給好孩子。他跨山越海，在落雪的北風中橫空而行，禮物又太多太重，所以他必須有車。而古代的車一向是由動物來拉的。可愛又慈祥的聖誕老人，豐厚的禮物，拉車的動物不是馬，不是牛，不是驢子、騾子，而是，馴鹿。所以鹿不但活在五大洲，牠們也活在冬天夜晚的天空上，活在聖誕夜的鐘聲裏。

⑶射鹿，最實惠

古時候，凡是有一弓一箭在手的人，如果不是拿來射人，就是拿來射鳥獸了。鳥獸中大概又以射鹿最為實惠，因為既不會生危險，又可得到一身好肉。所以，連《紅樓夢》（四十九回）裏的公子小姐都曾在落雪的日子，滿園如琉璃世界，獨紅梅盛開的美景中，圍着炭火，大嚼鹿肉燒烤！膽大的湘雲甚至還想試一下生鹿肉呢！

想想看，獵豹多危險呀！而獵兔子雖然安全，卻大概只能得到一公斤的肉（剝了皮毛則只剩半公斤了）。古時候的貴族很聰明，他們乾脆圈上大大的園子，自己在山水森林之間養起鹿來，天氣好興緻高的時候就來打一下獵。圈養的鹿體能較差，想來也好打一點。大名鼎鼎的莎士比亞，年少時便曾偷跑去貴族人家的莊園獵鹿。他所住的史特拉福是個小鎮，做了壞事很難不傳出去。莎氏在故鄉混不下去，只好跑去倫敦，從事戲劇大業了。這下倒好，倫敦人口密集，不愁沒觀眾，莎氏在倫敦寫了三十多個劇本，快老才還鄉（當然，那時代，也就是四百多年前，五十歲就算老了）。說起來，鹿對人類的戲劇也頗有貢獻呢！要不是莎氏年少輕狂，亂跑進人家莊園裏射殺人家的鹿，他也未必會去倫敦闖蕩，那些成就也就都沒了。

(4)成道後，到鹿野苑去說法

釋迦牟尼，他成道之後去說法，到哪裏說法？是「鹿野苑」，如果去「虎丘」或「大豹溪」，好像就不太對盤。

九色鹿的故事也是佛教極為出名的寓言。故事雖小，卻也包含了人類對動物的倫理，動物卑微地和人類的對話與談判，以及動物世界中對待婦孺的憐念，以及人類遲來的省悟……等等。

日本奈良山上多寺廟，山麓則飼鹿，放任牠們接受觀光客的「鹿餅」。

⑸奇怪呀，人類要造「麗」的象形字，為什麼不畫自己？

「美麗」的「麗」字是一幅畫，這幅畫的模特兒是一對年輕的鹿。

麗字最初造來是形容兩隻「俊男美女鹿」所組成的「賢伉儷」，「麗」等於「儷」。

一隻鹿其實已夠美好，但兩隻鹿以雙雙對對的構圖出現，似乎更為動人。吸引我們眼光的，似乎已不僅是牠們的俊俏美麗，更加上牠們之間相親相愛的濃情蜜意。漢字造字的過程中如果有個外星人有幸看到，想必會嘖嘖稱奇：

「咦，奇怪呀，他們人類要造個『麗』的象形字，怎麼不畫他們自己，反而去畫鹿呢？他們為什麼不覺得自己漂亮，反而覺得鹿漂亮呢？」

唉，這事也令人類沒話可說，因為事實上，如果你問我，我也覺得鹿就是比人類美麗啊！不找牠做模特兒，找誰呢？

⑹帶着罐頭、泡麵和帳篷，只想請牠入鏡

台灣曾有位年輕的攝影家，帶着帳篷和泡麵、罐頭投宿在高山草原上去拍攝台灣水鹿，他的日子過得既令人憐憫又令人羨慕。不過，相較於想去拍雲豹的、拍黑熊的，他實在算幸運

的，畢竟，在台灣的高山之上，尚有水鹿之跡可蹤，尚有水鹿之影可攝，尚有「麗」可以來入鏡。

至於一般人，不妨抱着一袋洋芋片，閒步走到動物園，也就可以勉勉強強飽覽這些曾經極美麗的卻因豢養而色衰的物種了。

（二〇一三．六）

唯一不值得珍惜的，是，牠的命

(1)如果我必須生為一隻鹿

如果，我必須生為一隻鹿，出生在哪裏算是好命？

如果是在六百年前，生在台灣應該是挺不錯的。雖然，美國的大草原那時候也很好，那時候的美國莽莽榛榛，沒有汽車也沒有高速公路——不像現在常有鹿活生生地給撞死在高速公路上，真是人也倒霉，車也倒霉，鹿，更倒霉。但那時的美國有山獅，加上狼羣——鹿兒要活下來頗不容易。牠必須眼觀前後（其實牠的眼睛並不太好），耳聽八方，且加上嗅覺靈敏，身手矯健，否則就會落入人家的肚子裏去了，說來還真有點命苦。

台灣的鹿不一樣，六百年前的台灣並沒有老虎、獅子和狼、豹。所以，鹿，幾乎就是長得最大的哺乳動物了。比鹿大的陸上動物看來只有熊，而熊雜食，跑得又沒鹿快，牠不算是鹿的剋星。雲豹比較凶，但因體型小，不太能抓鹿。既然沒有誰吃牠，素食的牠也不吃誰。而那時的台灣環境渥綠一片，絕不缺糧，氣候又好，終年溫暖，如果嫌熱，往海拔高處爬上二三百公尺就涼快了。這樣看來，五百年前的台灣鹿，不管是水鹿或梅花鹿，日子真是很好過的。

當年在台灣的鹿只有一種敵人，就是原住民。但原住民是溫和的獵人，並不趕盡殺絕。我猜想，那時候台灣可能有一二百萬頭鹿，所以，後來漢人到台灣為地方命名時老是有個「鹿」字，鹿港、沙鹿、鹿野、初鹿、鹿耳門、鹿谷、霧鹿……，真是叫人動思古之幽情啊！據說當時大陸沿海居民相招來台時，甚至形容台灣是個「到處都是鹿」的地方。

可是鹿在台灣的好日子很快就過完了，新來的外人看中了這塊土地上的利益。商業利益一旦進入人心，任何事情都可以變得極為古怪。西班牙人、荷蘭人、日本人都發現鹿的皮非常有利可圖。於是在異國商人極有效率的操作下，一六六三年六月底到七月底，居然一個月裏，便出口了七萬張鹿皮。

就這樣，幾十年之間，台灣上百萬的梅花鹿很快都遭人剝了皮，出了口。台灣因而更富有了嗎？少見鬼了，富的當然不是射鹿的人。台灣得到什麼？台灣得到一塊光禿禿的沒有鹿鳴的大地，終於在上個世紀的六〇年代，台灣的原野上連一隻梅花鹿也看不見了。

牠美麗，牠可愛。牠全身包括皮、肉、角都值錢，都值得珍惜。唯一不值得珍惜的——在我們人類看來——是牠的命。

(2)絕跡和復育

啊，曾經滿山遍野如草間繁花的吉祥動物梅花鹿就此絕跡了。好在台北木柵動物園還有幾隻，經營鹿茸生意的鹿園裏也有幾隻，努力復育三十年後，在恆春一帶又有一千多隻了。我猜，整個復育過程花的錢絕對高於當年賣鹿皮所得的錢。更何況從少數鹿隻近親繁殖下來的鹿種也不會太好——只不過好歹有個上千隻的鹿讓大家見識見識，知道原來的台灣原野是長什麼樣子。

哦，對了，還有個地方你可以很方便地欣賞到梅花鹿，在新台幣五百元的鈔票上，畫着七隻美麗的梅花鹿，鈔票人人愛，希望大家愛鹿比愛鈔票更多。

(3)異味

鹿媽媽有個怪癖，如果新生的小鹿身上沾了異味（譬如說，如果有人好心為小鹿噴巴黎香水），牠立刻就不理牠，並且再也不肯餵奶給牠吃了。

但願這批好不容易才復育出來的一千多頭的台灣梅花鹿，能保持為不染異味的純純淨淨的

附錄：1663年鹿皮輸出 單位：張

日期	各種鹿皮	大鹿皮	山馬皮	Cobito
1663/6/23	17760	70		
1663/7/11	15900			
1663/7/24、26	33440		3225	1250
小計	67100	70	3225	1250
所有鹿皮合計	71645			

資料來源：

《長崎商館日誌》，引自中村孝志〈十七世紀台灣鹿皮之出產及其對日貿易〉《荷蘭時代台灣史研究上卷》頁110

原野之兒、大地之子。但願人類能把牠們看成美麗的生物，而不是「皮毛和肉塊的提供者」。

但願鹿在新的世紀裏，就只是鹿，簡單的，不被人類利用的鹿。

（二〇一三．六）

山羌的小確幸

台灣有三種鹿，水鹿、梅花鹿和羌。前二者都高大壯觀，羌卻小多了，一隻鹿大概可以抵七隻羌的重量——不過弱勢也自有弱勢的生存法則，羌在台灣「眾動物凋零——唯『錢』獸一枝獨秀」的情勢下（其實，最近連「錢」獸也凋零了）居然沒有死絕，算來也真是命大。

說起來，真要多謝公羌母羌都努力生育。母羌的懷孕期挺長，約二百天，一胎也只生一個，幾乎快跟人類懷胎十月一樣辛苦了。但了不起的是，她們只要生完了就立刻可以再懷，所以兩年生三個是很可能的。台灣近年來的年輕世代都既不愛煮飯也不愛養孩子，看到公羌母羌真該慚愧了。

羌也許因為膽小，（牠實在也沒有膽大的本錢啊！）遇到危險就趕忙躲，躲不了才跑。牠形體小，身體柔軟，顏色黑褐，要躲很容易。至於跑，牠也算跑得快的。不過最奇怪的是牠居然善吠，像狗。個子雖小，也許因為共鳴腔設計得好，居然可以聲聞十里，令人嚇倒。不明就裏的對手很可能以為這個大嗓門的傢伙本事不小，而不敢挑釁了。柳宗元的「黔驢技窮」典故中那隻驢子起先也是靠嗓門大，幾度嚇走老虎。可見「大聲亂吼」也不失為小人物「自我膨脹」以亂人耳目的妙方。

這樣看來，羌的生存法則有三：第一是多生，第二是小心謹慎不與人鬥，第三是必要時玩點小把戲嚇嚇大咖人物。

當然還有，有時牠似乎也奉行「羌往高處爬」原則，避免和最危險的動物——人類——在同一海拔生活，山產店裏一直賣着山羌肉，所以要活命，還是住高一點好。羌一向能屈能伸，從二十公尺到三千公尺，到處可以為家。

山羌雖有點弱勢，但吃起東西來卻比大鹿挑嘴呢！牠仗着身體靈便，吃樹葉時每每先踮起兩隻後腳，然後把前肢舉高，好去採些更高更嫩的葉子來吃。

台灣高山地勢近年來狀況一直不好，走山、土石流都很常見。對居民、遊客和交通部官員來說，都是個頭疼得半死的大問題，唯一額手稱慶（哦，不對，是額前足稱慶）的就是深山裏的動物了。路不通了，人類不進來了，禍害便沒有了。當然，如今天然林禁伐，就更好了（不過話說回來啦，凡有「禁」，就有「違禁」，沒辦法，總之，算是好了一點）。否則，不管母羌多麼努力生育，也很難「子孫滿堂」的呀！

走過濫捕，逃過陷阱和獸夾，最可恨的是，這些放捕獸夾的人只是抱着「不放白不放」的心情。至於抓嘛，抓到誰就是誰囉！有些懶惰的要等想起來再去瞧一眼，動物搞不好早就腐爛生蛆了，真是損人不利己！沒有給抓進餐廳，沒讓皮膚變成麂皮皮鞋，活到十幾歲，生牠十個孩子——這，就是山羌的小確幸了。

剛才說過，小人物自有小人物的生活信條，山羌雖不像梅花鹿那麼高大俊美，卻也矯健耐看，雄的有精巧的小角，雌的有一道自額而下的黑色黥面。反正，小小的鹿也是鹿，要叫麂，也隨便你。至於叫牠山羌，或者「吠鹿」，你們喜歡就好……。

只要活着，只要能和二十公尺或一千公尺或二千、三千公尺的山路相盤桓，只要身邊有豐草美樹，日子還有什麼不滿足的呢？

（二〇一三・六）

麝・麝香貓・椰子狸・咖啡

麝香貓，這個名字看來有點「物種歧視」，應該叫「貓香貓」，或「香貓」才對——可是，沒辦法，習慣成自然。

這就要先說到「麝」這個字了，麝算是一種鹿，至少在漢字結構上，它給劃入「鹿的家族」，查中文字典要去鹿部查。牠另有個名字是「麞」，也叫「麝香鹿」，牠在「香類動物」界很出名。另外一個有名氣的香類動物叫「抹香鯨」。這些動物都因為「香」而倒大霉，弓箭刀鎗注定離不了牠們。麝有香是為了吸引異性，我們人類硬是要「奪動物之香以為己香」，然後增加自己的、或環境中的魅力。

麝香，在古書上都說產在臍部，其實它是陰囊附近的腺體。麝香本是名詞，但不知怎麼竟變成了形容詞，所以有：

麝香牛

麝香鼠

麝香鴨（這鴨，其實是雁的意思）

麝香驄（馬）

因此，有「麝香貓」也就不奇怪了。

麝的香在古代是十分貴族的，賈寶玉的丫頭中就有個叫麝月。

「麝」怎麼跟「月」放一起呢？（寶玉的丫頭，頗有些起的名字是很堪玩味的。）原來，「月亮」可以美其名稱「麝」。遠溯南朝（約一千五百年前，早於唐朝）徐陵在《玉臺新詠》序中便有句：

麝月與嫦娥競爽

月亮距離我們極遠，誰能聞見它香或不香？想來是麝香製成後呈淡黃色，因而用它來形容月色。

此外，「麝月」也是一種茶的名字，但兩者雖同為「香物」，其趣卻大不同。一出於動物，一出於植物，可謂一葷一素，香可催情，茶可淨心。用麝為茶葉命名，也許也只是取其色。

好在《紅樓夢》中麝月那丫頭倒不多事。為新買進來的丫頭取名，本是富貴公子權力和小才華的表現，如果照原名叫「阿美」「阿花」就顯不出豪門的氣派來了。

李商隱的詩：

蠟照半籠金翡翠
麝熏微度繡芙蓉　（〈無題〉）

麝香看來在古代中國多用於薰香，可以增加閨閣中的香煖浪漫。清朝詞人納蘭性德〈浣溪紗〉中有句「麝篝衾冷惜餘熏」，則是把用來薰被子的竹籃（內放麝香）也寫出來了。離人已走遠，女子守着閨閣，衾被漸冷，但特意為那人而焚的香氣卻固執地不肯散其餘香。

不過，真要欣賞麝香，最好還是去山林，以下三句詩真令人神往：

龍歸曉洞雲猶濕　麝過春山草自香　（唐・許渾〈題崔處士山居〉）

雲生半岩潤　麝過一林香　（宋．陸游〈暇日登東岡〉）

風裏草香山麝過　雨中果熟野猿分　（元．姚文奐〈雲門院〉）

（看得出來，宋、元這兩位詩人都不自覺地在模擬唐代的許渾，包括許渾愛寫的「潮濕感」。）

和一般人發生關聯的麝香則是寫字用的墨碇（當然啦，會去用墨的人也不是太一般），墨中放了麝粉就能保持香味而不敗壞，算是書房裏的文雅氣息。元代馬祖常的〈禮部合化堂前後栽小松〉詩：

微風吹几帷
硯池麝墨香

這算是文人的奢侈了。

但是，台灣的麝香貓呢？牠也被歸類為有「肛門腺分泌」的獸類，其實貓有貓香，鹿有鹿味，我們人類語言粗糙，竟把牠們都歸為麝香（母貓和母鹿聽了一定大笑絕倒）。泌香，原是牠家的求偶行為，可是人類總是多事，老是愛去掠奪原本不屬於我們的東西。

近二三十年來，有件事很離奇，人類流行一種咖啡，叫「麝香貓咖啡」，價錢很貴。普通咖啡一杯賣三十元到一百五十元左右，這類咖啡卻在一千元上下，聽來嚇人。但它的生產過程聽來更嚇人。不過，事實上這是一場誤譯，能在腸道中醞釀那種咖啡粒的動物並不是麝香貓。

說來，我們的麝香貓只是一隻可愛的狸貓（而那種製造「麝香貓咖啡」的動物，是產於東南亞的「椰子狸」，其學名為 *Paradoxurus hermaphroditus*，頗類似我們的白鼻心果子狸，只是臉上沒有白線條，但都算靈貓科的哺乳類動物）。我們的麝香貓和「名貴咖啡」無涉，牠只是善於爬跳，善於隱匿，吃牠愛吃的東西，吸引牠心愛的伴侶，生牠渴望生的小孩，如此而已。

附帶說明的是，動物的香，沒處理以前，人類聞起來其實是挺不好聞的呢！

麝香貓在台灣因為屬「保育類動物」，所以禁止飼養。但在泰國，因為野生動物活着的比我們多，所以在清邁，有人大量養麝香貓來取香精、香水，人類還真是一種又離奇又麻煩的古怪動物啊！

至於那經過「椰子狸」腸道再拉出來的咖啡粒（雖然，經過清洗），我想，還是不吃比較道德吧！因為椰子狸本來可以在森林中自然進食，因而得到健康平衡的營養。但人工飼養卻把牠們關在咖啡園裏，限制牠們成天只吃咖啡粒，拉咖啡粒——這過程，可以讓園主人獲高利，但對椰子狸而言也未免太悽慘了吧！

（二〇一三．六）

羊和美

華人非常喜歡羊——不對，其實應說全世界的人都喜歡羊。說喜歡羊也許有點厚顏無恥，因為我們說喜歡羊的時候，很多人指的是「我喜歡吃羊肉」或「穿羊毛衣」。但也不盡然，喜歡吃豬肉的人並不太承認自己喜歡豬的長相，甚至還拿「豬」罵人。

在馬來西亞的菜市場裏，最多的肉攤便是羊肉攤，印度人因為宗教的緣故不敢吃牛，馬來人信伊斯蘭教的不少，他們因為嫌豬不潔而不吃豬肉。有一部份的華人因為祖上務農而不忍吃牛，其結果是大家都吃羊，羊是全世界的人都願意一試的蛋白質來源。不單人吃羊，人也拿羊去祭神，羊是最乖的犧牲品。

人類早期馴養的六畜，羊算其中的一個。羊是最早被馴養的家畜之一。從此，家羊和野羊好像就分手了。我們一般人以為所謂羊，便是我們養的那些山羊和綿羊了，大不了，聽過蘇格蘭的黑臉羊或蒙古人的黃羊。

在華人白紙黑字的證據裏，留下許多跟羊有關的字眼。例如「美」，「美」這個字是多麼難造啊——而老祖先以「羊大為美」（當然，這個「美」可能是美味，卻也不排除美麗），而「義」（通「儀」）是「羊加我」，「善」是「羊加言」（口是省略的言），指的是祥和的互動，聽來真是好啊！

其實，在基督教的信仰裏，耶穌也被稱為「羔羊」，羔羊代表遜順無我，居然和我們《公羊傳》（《十三經》裏的一部）裏「執之不鳴，殺之不號」所形容的是一模一樣的，羊簡直是天生就是該作為獻祭給神明的聖物。

在中國，羊還有一項奇特的功能，牠是「孝」的教材，大人用牠來教小孩，說：「你看，羔羊是多麼孝順啊，牠都是跪着吃母奶的呢！」其實，應該是母羊太矮，小羊只好跪着才吃得到奶。

人吃羊肉、喝羊乳、用羊角、穿羊毛、用羊作象喻……，我們以為羊就是這些了。其實不然，如果我們可以離開我們慣居的城市，走遠一點或爬高一點，在草原上，在野溪畔，在高峻險巇的絕壁上，仍有另外一種原生的野羊在放足奔騰。

不過，如果有機會看到絕壁上那些野生岩羊的身手，人類會目瞪口呆，原來野山羊可以那麼野，牠們蹄下的那座山彷彿是鐵山，而羊蹄上則彷彿都裝了強力磁，否則牠們怎麼縱跳東西而不致粉身碎骨？（唉，其實，跌死絕澗也是有的啦！）

一切的野牛、野馬、野驢、野羊、野豬、野雞、野鴨都令人驚異，原來牠們本來是這樣子的。

這些「野東西」不是每處都有的。如果有，也不見得「有得很周全」。如果都有，牠們過得也不見得很好，也就是指瀕臨絕種。

台灣沒有野牛、野馬和野驢，但有野豬、野兔和野雞（如果藍腹鷴算的話）、野鴨（如果某些候鳥算的話）。更重要的是，我們有野羊，牠的名字叫「長鬃山羊」，（牠的鬃其實也不怎麼長，所以不要太「望文生義」吧！）牠也叫台灣羚羊（班羚類）或台灣野山羊，我自己喜歡在心裏暗暗叫牠一聲：

「喂，台灣岩羚羊！」

因為牠家就住在岩石上。說來，很有趣的是，大象來到台北木柵動物園並沒有叢林或草原可住，熊貓來了也沒有箭竹林可住，長鬃山羊卻大喇喇地住在專門為牠們起造的「假岩山」豪宅裏，免得牠們不跑來跳去就腳癢，或不躲起來就難安。所以，還不錯，目前牠們瓜瓞綿綿。

不要以為動物在動物園裏養尊處優就子孫滿堂，台北木柵動物園失去嬌客的慘痛經驗其實也是一部二十五史呢！

算來台灣野山羊是可慶幸的，更可慶幸的是，台灣東部山上還有牠們的蹤跡（雖然不多）。如何判定牠們的「芳蹤」？說得學術些，是靠「排遺」。說得白話點，是靠「大便」。長鬃山羊有「在固定廁所大便」的習慣，所以，當辛苦的研究員爬上懸崖絕壁，猛然見到一大堆羊大便的時候，真是喜不自勝，甚至趕快捧起來聞！說來一般人可能不信，其實野羊的糞便不算臭，因為生活在高山上，食物常是松柏類的清香素宴。但在高山上看到牠們的機會不多，因為牠們很聰明，能躲就躲，而且晨昏才出現，而且牠們本來就為數甚少——因此，想看台灣野山羊，到動物園去看，就好了。

十年前，二〇〇三年四月二十九日，台北《人間福報》從香港轉錄了一則來自高山草原的新聞，草原在新疆伊犁的納拉提鎮（記者是吳媚媚）。話說某次山中因雪崩奪路，野岩羊受困山腰，眼看就要全數滅絕。此時某隻領隊老羊忽然示範了一個不可思議的動作，牠先飛速奔向那條稍嫌闊大的山溝，直逼崖邊，似作跳澗狀，卻又戛然而止，接着，牠轉身回到起點。這個示範讓一隻幼小的岩羊也有樣學樣，衝到崖邊，並一躍而起。正當牠懸在空中快要墜落之際，領隊老羊隨即跳起，恰到好處地落在幼羊下方。幼羊便就勢踏在老羊的背上，再使力彈跳，於是安全到達對面。至於老岩羊，救了小羊之後，則直直墜崖而死。

後頭的二百多隻羊，隨即依樣行事。二隻一組，每組一隻幼羊先起跳，另一隻老羊緊隨而跳，心甘情願地作為後輩的跳板。當幼羊到達對岸時，老羊已碎身谷底。此事既沒有分工，也沒有配對，更沒有宣傳教化和演習，卻每一組都配合得嚴絲合縫，直到最後一組羊，竟沒有一組是失敗的。半數的犧牲，換來了族羣的衍續。

奇怪而不可解的是，羣羊雖無語言，卻自動分好隊組，一隻隻成年羊都甘願做個「墊背的」，而小羊也彷彿立刻都明白，老羊既然

「置個人（不對，是置『個羊』）生死於度外」，則自己也當

「以國家（不對，是『野岩羊大隊』）興亡（不對，是傳宗接代）為己任」。

啊，羊不會寫歷史，不會講故事，也不懂倫理學。但，這樣驚悚無聲的情節經目擊者傳述出來，跟人類的史詩或英雄詩相比，它怎會輸給任何一篇呢？

這樣的高貴行為，這樣的急智慧思和視死如歸的精神，「怎一個『讚』字了得」。

如果你去到動物園，如果你有幸見到這種山羚，牠們多半蹲坐某處在嚼口香糖。別以為牠們懶惰，只愛發楞——其實不對，牠們的動作不是嚼口香糖，而是反芻。牠們習慣快速猛吃，然後慢慢反芻。牠們是沒利齒、沒尖爪、又沒大角的弱勢生物，只能靠「吃快點，吃多點，吃完趕快躲起來」求生存（牠們連台灣登山客怕得要死的「咬人貓」也敢大口吃下去），真夠辛酸啊！牠楞坐那裏其實是在虔敬地工作——上帝給牠的天職，牠的反芻大業。或者，牠也在想

點什麼，想什麼呢？也許是：

「上帝啊，不管我的名字是台灣長鬃山羊，是野山羊，是岩羊，是羚羊，讓我們的族羣能活在我們深愛的地方，好嗎？」

（二〇一三．六）

另類詩人——珠光鳳蝶

(1)千年來最優秀的詩人怎樣為自己題畫像

宋代詩人蘇東坡有詩如下：

問汝　平生　功業
黃州　惠州　儋州

這首詩很重要，因為是蘇東坡為題自己的畫像而寫的——而且是晚年寫的，有點綜述自我生平的意味。蘇東坡選擇了六言詩體。一般而言，唐代和唐之後的詩人寫詩都會選擇五言或七言，詩人選奇數句構（即五七言）和偶數句構（即六言）的比例超過99％比1％。但蘇東坡寫這首詩選六言是對的，因為節奏上乾乾淨淨俐俐落落，把他自己大半生奔波的地方很扼要地記錄下來了，既淒涼，又自豪，我略為意譯如下：

你問我這輩子去過哪裏，都做過些什麼事？
起先我被貶到黃州去。哎呀，黃州雖落後，豬肉卻反而是一流的！我因而發明了美食東坡肉呢！那裏的筍子和魚也美不可言。
之後我又遭貶各處，例如密州，那就不說了。其中還有很少人去過的廣東惠州（其實也就是民國革命史中所說的惠陽，惠州是客家人的地盤），雖然僻壤窮鄉，可那也是我的國土我的人民啊！何況嶺南的荔枝那麼甘美多汁，令人流連，而且，我心愛的女子朝雲，就埋骨在那裏。
至於儋州（海南島），哎呀呀，那就更神奇了，古來幾個漢人去過儋州？能去儋州真是人生幸事，在那裏，我看過奇異的花，喝過奇異的酒，又交過奇異的朋友，住過不能叫房子的房子……。
作為一個過客，生活在大地上，哪能說自己有什麼大不了的作為呢？只能說說我的行腳，一個被命運安排，走過黃州、惠州、儋州的流浪人。

以上是一個大詩人大哲人對自己平生的概述，聽來真令人神往。我也曾循線去了這幾州，但觀光客的走馬，畢竟不能刻骨銘心，只能拚命去拼湊思古之幽情罷了。

(2)就在你我身邊，還有一位另類詩人

蘇東坡，是千年前的人了，如果是「今天」，我去問一位「另類詩人」同樣的問題，牠的回答可能是這樣的：

啊，親愛的，你在問我嗎？
我，只是一隻珠光鳳蝶啊！
功業？我沒有什麼功業啦
我的一生嗎？
說來不好意思
我的一生只不過
從一朵花飛過　停駐

再飛過一朵花　再停駐
再飛過一朵花　再停駐
……
就這樣啦！精彩？不精彩？
我也不知道
詩，我不知道什麼叫詩
你非要我寫不可嗎？
好像只能寫成這樣
花！
花——
花：
花，
花……
花；
花、

花？

花。

「請問，你還有什麼更詳細的自傳詩嗎？」

有，

馬兜鈴的葉子（幼蟲時期的食物）

＋

海檬果花

＋

射干花

＋

繁星花

＋

……

(3)一個宋代詩人和一隻珠光鳳蝶在地球上貢獻的美是等量的

啊，親愛的讀者，請不要責備我取材如此荒謬，一個宋代詩人和一隻珠光鳳蝶在地球上所貢獻的美感是等量的，牠們所帶給我們對生命的驚喜和敬畏也算同質。讓我們——至少是我——來向珠光鳳蝶致敬並致謝吧！

為牠的辛勤訪花。

為牠在呂宋島或蘭嶼島上一朵一朵數點花兒的行程。

為牠在陽光下羽翼上變幻莫測的真珠光澤。

為了美。

（二〇一三・六）

「匆──匆──匆溜」啊！

大冠鷲。

大冠鷲是什麼？中國文字就有這個好處──鷲，當然就是某種鳥囉！大冠嘛，說白了就是大帽子，帽子既然大，頭也就不會太小吧？頭不小，身體想來也很大吧？

在台灣，常看到的大型鳥不多，鶴，是稀客，秋天會過境，在某處（鳥會的朋友不准說，說了就是「洩密罪」），灰面鷲也是十月國慶時節的過客，黑冠麻鷺近年來在大安森林公園和中研院都會出現，藍鵲也常站在山路的電線桿上「顯擺」一下。至於老鷹（記得小時候常玩「老鷹捉小雞」的遊戲，那時代，每個小孩都知道老鷹是什麼樣子），則越來越少見了……。

在日常生活裏，我們能看到的鳥絕大部份只是小小的白頭翁（或烏頭翁）、麻雀、綠繡眼、烏鶖……。

大型鳥生存不易啊！牠們需要森林，一大片森林（小麻雀好像一排排站在電線上就能活），一大片活的森林。什麼叫活的森林？那是指其間生態豐富，食物充足。「金屋藏嬌」的成本還算低，「留着活森林來養鳥」，對一些唯利是圖的官員和民代而言，簡直是荒唐。

在報紙、廣播和電視的廣告上，我們都會看到「大冠鷲」三字，有時還會聽到牠的叫聲，看到牠的影像，原來是建商在做廣告。建商為什麼老愛拿大冠鷲做廣告呢？他們的意思無非是說：

來呀，來呀，來買我的房子呀！
我的房子蓋在有樹的地方，
你聽，這不就是大冠鷲的叫聲嗎？
這是別處聽不到的呀！

唉，天知道那大冠鷲的聲音是建商從哪裏偷錄來的。而且，就算是當地錄的，房子蓋好之後，一二百戶人類搬來之後，大冠鷲也早就嚇跑了！

大冠鷲的叫聲特別，雌鳥應該絕對不會聽錯：

「勿——勿——勿溜——」

我看到大冠鷲則是在南港一塊比公園更美麗的地方，名叫202兵工廠，這塊地方因六十年來一直是一塊封閉型的軍事用地，所以沒有受到工業、商業和農業的汙染。它像一則神話一般活在那裏，純淨、高貴、自足。但它被隔鄰的「官方豪門」（說白了，就是「中央研究院」啦！）看上了，想要蓋豪第（建築體是101大樓的三分之一），有立委為豪客講話，說，那地方有什麼好，本來就應該拿來蓋大樓，那地方，蛇比人多……。

啊，他把「蛇比人多」當作一句侮辱的話，其實，這句話說得太外行了，「蛇比人多」才算是一塊環保寶地呀！

那天，我在202兵工廠看到大冠鷲的那一天，眼前的羽中貴族張其長翼剪過藍空（牠把翅膀打開時，兩邊寬度約一點五公尺），看牠鷹揚之姿，（唉，「鷹揚」這個詞組合得多麼好啊！）想必剛吃過一頓飽餐，吃了什麼？想必是蛇或青蛙或老鼠……，那是一塊活地、活森林、活的淺山區，但人類貪心，這片林地能活多久呢？

在台灣，鷲這個字還跟一個佛教團體有關，那就是「靈鷲山」。他們用這個名字，是因為早先印度有個靈鷲山，釋迦牟尼就曾在那座山上說法。而山名靈鷲有兩個解釋，一說是山石的樣子像鳥（如新北市有「鶯歌石」），一說是那山上多鷲鳥。如此追溯起來，這種鳥的親戚倒也很多，多到印度去了。

不過，不管釋迦牟尼是不是有一座好山可以依傍，我們台灣如果也有一座大冠鷲山那就太好了，要知道，沒有好山好鳥是出不了哲人的呀！

「匆——匆——匆溜——」

親愛大冠鷲，請留下來吧，不要溜走啊！

（二〇一三・六）

那條通體瑩碧、清涼柔潤的緬甸翠玉

設若你是褓姆，或為人父母，或做人長輩，設若你的左右有幾個二三歲的小孩，你會帶他們去散步嗎？如果你去，路上看到狗，你會說：

「看，狗狗。」

小孩天生愛模仿，於是跟着說：

「狗狗。」

如果你看到鳥，你會說：

「看，小鳥在飛。」

小孩跟着說：

「鳥。飛。」

活潑的孩子甚至會模仿飛翔的動作。

如果你形容了蝸牛，小孩可能只說出牛，你說了野鴨，小孩只說出鴨……。

可是，如果你「很幸運」地碰上了蛇——咦？這是什麼話？——什麼叫「很幸運」，碰上蛇叫「很幸運」嗎？

想想看，你有多久沒見過蛇了——動物園不算——在都市裏，乃至在市郊，在鄉村，人類都想辦法讓生活裏看不見蛇。所以，假如偶然見到蛇，真是有點「好運氣」。

可是，這種「好運氣」不是人人都歡迎的。所以，回到現實，你手牽小孩，蛇卻橫路前行，那時節也許是初夏，傍晚時分，氣候涼爽了一些，牠正欣然要去赴約會，可是你卻失態大叫：

「哇！蛇呀！」

你的肌肉繃緊，你拉小孩的手微微沁汗，你口齒也不清了，你的腳步踉蹌而顛躓。

這是那個小明（姑且給他個名字）第一次「很幸運地」看到蛇的情節，小明從此怕蛇，甚至怕得要死。

其實，如果換個方式，我們拉住小明，站定，看蛇在蛇行。等牠走遠了，我們才開講：

「小明，剛才那個動物叫做蛇。」

「蛇。」

「牠很奇怪，牠沒有腳，卻也會走路，走得還挺快呢！你知道牠要去哪裏嗎？」
「走路。」
「牠去找朋友，如果碰到好吃的青蛙或老鼠，牠就會停下來吃一吃！」
「吃。」
「牠漂亮嗎？」
「漂亮。」
「你喜歡蛇嗎？」
「喜歡。」
「等下我們回家，在地板上，小明也學蛇走路好嗎？」
（有什麼不可以，既然他剛才已經學了鳥飛。）
「蛇，走路！哈哈，蛇，走路！」
人類未必天生怕蛇，我們是被教怕的。大人一代代告訴我們，蛇極為可怕。可能因為蛇殺人的方式有兩種，一種是用毒牙咬，一種是用全身來纏勒，聽來都十分驚悚。但毒蛇本不多，而有毒的蛇也很少亂咬人，牠的毒液其實極為珍貴，所以輕易是不肯拿來浪費的。在任何國家，人民死於情殺的都遠比死於蛇毒的為多，人類才是更該提防的危險動物。

據說北美的印地安人如果走在山徑上碰見蛇，他會閃避一旁，很友善地說：

「蛇兄弟啊，我跟你借個路哦——」

蛇很大方，隨他行走。

台灣原住民也不怕蛇，排灣族尤其喜歡蛇的圖案，可惜古代顏料不夠多，所以排灣族只能用雕刻來凸顯蛇的形體，卻不能用色彩來凸顯蛇的絢麗。例如青竹絲通體瑩碧，簡直是清涼柔潤的緬甸翠玉。而環紋赤蛇作橘紅色，豔豔烈烈如暗夜燄火。雨傘節則黑白歷歷，像神祕圍棋的棋局中纏鬥個不完的黑棋子和白棋子。這樣奇特的生物，多麼值得喝采呀！台灣的蛇，平均來說，色彩華麗的很不少，相較之下，美國砂磧地帶的蛇常是一些不起眼的砂土色。

張愛玲的母親，用現在的話說，是個設計家。有一次，她刻意收買了好些蛇皮，試想年輕的文藝少女張愛玲看到那些繽紛的色彩和質感是何等訝嘆！市場上的蛇皮經過染色往往極為豔麗，後來很多蛇都禁捕了，豔絕的蛇皮產業也凋零多了。我當然反對濫捕蛇（不管為了牠的肉或牠的皮），但蛇是美麗的，蛇皮也是美麗的，這件事卻非常真實。

不過我相信，不管我怎麼形容蛇的美麗靈動，大部份的人如果一旦碰上蛇，在郊外，出於不自覺的害怕，大概仍然不可能去好好欣賞牠。所以，去動物園看看蛇倒不失為一個好方法，隔着安全的玻璃或網子，不必擔心自己遭攻擊。靜靜站着，像看活電影一般觀看蛇，倒真是人生一種奇特而美妙的經驗。

（二〇一三・六）

○熊？熊○？

走進教室，葉老師說：

「我們今天不上課，我們要來做遊戲。」

同學有的捧場，一副眉開眼笑躍躍欲試的樣子。有一些卻懶洋洋的，不太搭理。還有幾個更糟，他們口裏雖不說，明擺着一副：

「少來，你的遊戲不會好玩的啦！搞不好比上課還沒趣。」

葉老師也不管，直接宣佈遊戲規則：

「我們今天的遊戲是組詞，我宣佈一個字，你們就要負責在它前面或後面填一個字——而且，你要說出你組成的這個詞是什麼意思。好，我來舉一個例子，哎，就用『舉』字好了。你們可以說『選舉』或『舉手』，但是如果你能說點特別的，那就算贏了。譬如說，你知道『舉人』。不過你們說什麼你們自己要解釋得出來，不能亂說。左邊四排算甲組，右邊四排算乙組，我要給的這個字是『熊』。第一次我讓甲組先，甲組可以選『什麼熊』，也可以選『熊什麼』，乙組要跟着，第二次就輪乙組先了。好，現在開始。」

雖然是遊戲，因為有比賽，兩邊各有點緊張起來，有個同學比較現實：

「啊，啊，老師我想先問，有獎品嗎？」

「有，不過是什麼我先不說。」

「熊貓！」甲組有人搶着說了。

「熊膽。」乙組也跟進。

「嗯，這兩個都不錯——算平手。現在乙組選。」

「北極熊。」

「維尼熊。」

「嗯，我看還是平手，再來。」

「泰迪熊。」

「哎呀，你們怎麼老陷在卡通裏。」葉老師提醒。

「熊熊。」

「哇，這個好，前面的熊都是名詞，這個『熊熊』是什麼詞，提供的同學說得出來嗎？」

「是形容詞，形容烈火。」

「不錯，不錯，乙組贏了一次。輪到乙組。」

「不對，抗議，『熊熊』到底算『什麼熊』還是『熊什麼』？」

「抗議無效，熊熊兩種都可以算。接着比——」

「熊心豹子膽。」

「這是什麼意思？」

「就是說，『你吃了熊心豹子膽了嗎？』居然敢這麼大膽！」

「熊腰虎背。」

「這指什麼？」

「就是說長得很壯很魁梧。」

「好，兩個都好，平手。」

「白熊。」

「灰熊。」

「平手。」

「棕熊。」

「黃熊。」

「你們大家來說，哪一個好，為什麼？」

「棕熊好，因為根本沒有黃色的熊。」

「那，你為什麼說黃熊？」葉老師問。

「沒什麼，湊顏色嘛，大約不會有什麼紅熊、綠熊、紫熊，黃的比較可能有——」

「唉，可惜——但是為什麼可惜，待會再告訴你。這一次算乙組棕熊贏。」

「熊抱。」

「熊掌。」

「嗯，熊抱贏，甲組贏。」

又進行幾個回合，葉老師就發獎品了，原來獎品是每人半隻玉米，不過居然是熱的，她說這食物比糖果健康，她鼓勵大家趁熱吃了。大家正吃着，葉老師趁機講評：

「其實，黃熊是存在的喔，在神話裏，就是大禹的爸爸鯀，他死了，化成黃熊，那個黃應該就是比較淺的咖啡色，不過我最希望你們說出來的其實是『黑熊』，不知道你們怎麼都忘了，奇怪啊，你們知道北極熊、維尼熊，怎麼就不知道台灣黑熊呢？台北木柵動物園裏有一隻黑熊，大家投票給牠取名叫黑糖，牠雖然一副又黑又蠢的樣子，其實牠才不笨呢！」

接着，葉老師又提了一個奇怪的題目，她問：

「黑瞎子島，你們知道地球上有這麼一個地方嗎？它為什麼叫這個名字？」

大家面面相覷，有一個平時楞楞的同學舉手回答：

「我猜是在非洲，島上住的是黑人，那個地方是『盲人收容所』——」

「啊喲，你還真有想像力。但，不對，那地方在中俄邊界上，在烏蘇里江和黑龍江的交會處，那島上古時候想必熊多，而當時一般人把熊叫成熊瞎子，或黑瞎子。不過，熊當然並不瞎，而且，注意，那熊也是黑色的，這個島大約在清朝的時候被滿清割給了俄國。到一九九九年中俄會商，到二〇〇八年正式還了一半給中方——還有很多熊的事，下次再講給你們聽——但是最重要的，下次想熊的時候，不要只想中藥，不要只想好吃的熊掌，熊的好玩的事有一大堆喔！有機會到動物園好好去看牠一眼，牠是我們島上最大最壯的哺乳類了！」

（二〇一三・六）

長舌公．長舌婦

其實，牠跟我們很像——而所謂我們，指的是我們全體人類。

跟我們人類的哪一點很像呢？跟我們愛裝腔作勢、全身披着盔甲的樣子很像。像男人亮出他的名車鑰匙，像女人亮出她的名牌包包。我們都在努力誇示自己。誇示自己擁有多強大的力量。可是暗夜獨泣時（或者，更糟，連哭也哭不出來的時候），我們真的很強嗎？

牠的名字叫「穿山甲」。

光聽這名字就知道，至少牠把老中騙倒了，那意思是說：

哇，這傢伙厲害極了，牠力大無窮，可以穿山而過，而且，牠身披盔甲，是個戰士哪！

古書上形容牠：

> 能陸能水，其鱗堅利如鐵……絕有氣力，能穿山而行……

清．屈大均《廣東新語》

其實，講穿了，穿山甲說強也強，說弱也弱。

第一，牠聽不清、看不明——雖然嗅覺超強。

第二，牠沒牙，全靠長舌去黏東西來吃，牠真是超級「長舌婦」或「長舌公」。這舌頭不但長（有二十公分），而且非常靈動，每分鐘可以伸縮八十次，很快就把該吃完的東西吃下。牠愛吃的東西是螞蟻，螞蟻小，一下子就黏住了（如果想吃蚱蜢，光靠「黏功」是不行的，好在蚱蜢不是牠的菜）。

第三，牠號稱能穿山，其實也不過很會挖洞而已。挖洞的目的一是住，二是找東西吃。除了白螞蟻、黑螞蟻，還有蚯蚓、蟲蛹，反正，挖到什麼都好。但挖功靠的是前趾趾甲，這些趾甲對付鬆土還好，真要跟敵人對打，靠趾甲亂抓是沒有用的。

第四，真有人要打牠（或對牠奇怪的身形好奇，想撥弄一下瞧瞧），牠老兄就立刻亮出牠的「穿山一招」，這一招牠用了千年萬年了，從來不變——那就是把頭尾一縮，團成一個圓球形。由於牠混身披滿甲片，這甲片又厚厚亮亮，看來倒很夠力——而且，如果母穿山甲帶着小穿山甲，牠就把小傢伙塞裹在球形中間，這在小穿山甲看來，其「安全係數」簡直就是「億載金城」。

第五，穿山甲住的地方，在我們人類看來真是太可憐了。那地方是爛土坑，頂多有幾片乾樹葉作床墊。但此地冬暖夏涼，以致穿山甲簡直不能適應住在動物園裏的「人境」。穿山甲不會排汗，夏天一熱，非生病不可，冬天一冷，又會肺炎……。好在後來有企業界捐了冷氣，保持了恆溫。

第六，穿山甲幾乎沒有天敵，牠的天敵只有一個半。一個，是人類，半個，是近四十年來從家狗變出來的野狗。人類，是想吃牠的肉、用牠的皮，並且剝牠的鱗。野狗，是因為求生不易，飢不擇食。麻煩的是，其他動物看到「穿山一招」，摸不清頭腦，沒耐心，便走了，可是野狗有無窮的耐心，牠會一直抓扒，把穿山甲弄得遍體鱗傷，甚至死亡。

至於人類，就有點奇怪了，也許我該縮小範圍，說成人類中的華人。華人相信穿山甲的鱗片有藥效，這下，穿山甲就倒大霉了。台灣的華人又本事大，居然抓穿山甲來做皮鞋、皮包，全盛時期一年殺六萬隻，還有人因為外銷創佳績而得到經濟部的獎狀呢！這還不說，台灣穿山甲給殺得差不多了，便去荼毒鄰國，把東南亞一帶的穿山甲也一一弄死。

其實，不殺穿山甲，穿山甲在目前「開發第一」的台灣也不會活得很好，因為牠跟人類共爭一個東西，就是土地。怪手走過山坡地的那一天，就是穿山甲的死刑執行日。

近年來，台北木柵動物園常會收到好心民眾送來的穿山甲「傷兵」，想來都是由於某山坡在濫墾濫建。例如松山工農的蘇老師便曾在中央研究院和202兵工廠之間撿到小小穿山甲而送去給趙榮台研究員，再轉動物園養傷野放。目前園裏收留了八公十二母，這些「只吃螞蟻」的傢伙也只好任由人類改變食譜。台北木柵動物園在穿山甲食譜上立功不小，（如果照「古早味」，只吃螞蟻，叫誰去抓那麼多螞蟻來給牠們吃呢？）不料聲名遠播，居然德國動物園都跑來駐園學習呢！

七十年前，日本生物學家就預言穿山甲既如此柔弱，又碰上無所不吃的華人（說牠有通乳之效，通乳似乎包括通乳汁和隆乳房），其命運是「死定了」。

但願那位日本人的預言落空——雖然，機會很少。

（二〇一三・六）

除了為小水獺垂淚之外

(1)拆散別人的家庭

八歲那年，家住台北市中山北路二段，跟動物園很近（牠們住三段，在圓山），又加上時當一九四九年，全台北都沒什麼兒童遊樂設施——就算有，我家也玩不起，所以，假日最好的事就是去動物園逛一逛了。

及至人長大了，忽然覺得，不對，動物園是個「黑心集團」，他們假求知之名，把動物家族活生生撕裂，例如：

從非洲原野上捕來一隻長頸鹿，關起來，判牠「終生監禁」，並且死了還要做成標本。而獅子，則讓牠學跳火圈來提供市民一些廉價的生活調劑。如果有個店家，其貨源不正（雖然「來路很明」），我們好像不該跟他來往。動物園雖不是「販賣人口」，但販賣「禽口」「獸口」，其罪也差不多吧？我二十歲以後就不忍心去動物園了。

(2)變成「孤兒收容所」

不過，事態有時又發生變化，到了本世紀，人類對「大地之母」「侍奉無狀」卻「不自殞滅」，於是「禍延顯妣」，乃至「禍延兄弟姐妹」。於是，土地死了很多，植物死了很多，動物也死了很多。如果是年老體衰的動物死了倒也罷了，年輕的動物死去則往往留下非常稚齡幼小的孤兒，孤兒娃娃沒人哺餵則準死無疑。這時候，動物園竟變成了動物寶寶的孤兒院了。角色影響性格，動物園中的管理人也立刻都變成慈眉善目的好人了（當然啦，也可能是被可愛的動物感化了）。好人做好事，他們竟比修女照顧老人更盡心竭力呢！

(3)不怕炮戰，就怕觀光大道

話說二〇一五年，就有一對水獺小孤兒在暗夜中哀哭號叫，其聲悲悽。也許由於餓，也許由於冷，或由於母親久久不歸而害怕，牠們的哭聲幽幽不絕。牠們還小，連眼睛都沒睜開，一副可憐相，附近居民不忍，於是報了警，相關單位立刻派人來把牠們帶走了。

這件事發生在哪裏？在金門。

在台灣，水獺早就絕了跡。而在對岸廈門，我提到水獺，大家都瞠目結舌以對，彷彿聽到上古的麒麟。

「你不該提這個荒謬絕倫的話題！這水獺，是個啥玩意兒呀？」

他們嘴裏不說，眼神裏卻透露這樣的回答。

而金門，拜戰爭之賜——但實際上，在一九五八之後，近六十年來並沒有真正的戰爭——大自然生態因而不受工商業或農業的侵害，於是保持在絕佳狀態。

這一對水獺兄弟很快就安頓了，第二天，牠們便給送到了台北市木柵動物園。

牠們的娘怎麼了？那一夜她為何不歸？這不需太多智慧便可推斷，都因金門如今跟戰爭「好像不十分有關」了，於是它成了「觀光金門」，在開發的大纛之下，闢大路是「必要之惡」，但通衢大道，恰好是夜行動物的最佳墳場。可憐，水獺媽媽那天的不歸之旅，為的只是到淺海去抓幾條小魚來養小水獺啊！眼睛都還沒張開縫兒的小水獺啊！

這樣的故事後來又上演了一次，公路上一隻母水獺死了，她的女兒也許受了母親的一擋，雖受傷，卻活了下來。當然，她的命運也是送往木柵動物園。

如童話所說，牠們從此過着「快樂的日子」，或者說，「悲慘的快樂日子」。

⑷看到美女，魚給嚇跑了！

如果你見到一個絕世美女，你要怎樣形容她呢？

答案是，其實美女是無法形容的，美女是上帝造的，語言是人類造的，要用人造的語言來形容天工，是沒辦法的事。面對美女，人類唯一能做的事便是被動的「**驚豔**」。

不過在沒辦法中想辦法，古人常用的句子是：

「沉魚落雁之容，閉月羞花之貌。」

這句話說得白些如下：

「悠閒優雅的游魚，從容高飛的鴻雁，看到這樣的美女，一個潛到水底不敢露面，一個驚墜地面震撼到不能行動，至於月，也躲在雲後不敢出頭，花呢，也自慚形穢了。」

不過，以上的句子雖然講得生動，其實跟原典故（出於《莊子》）比，是錯了。因為原來莊子在〈齊物篇〉裏發表的論點完全是貶意（莊子只講了「沉魚落雁」），莊子原來的話翻成白話大略如下：

你們都說毛嬙漂亮、驪姬漂亮——哎，那是用人類的眼睛看人類，覺得長成這樣的美女真是難得啊！但，要是換做魚的眼睛來看毛嬙、驪姬，他們就會說：「天哪，怪物來了，快逃吧！」而天上的大雁也會嚇破了膽。

奇怪的是後世文人不知怎麼把「嚇跑了」說成因「自慚形穢而跑了」。

(5)用「造動物」剩下來的次貨來「造人」

說來有趣，動物看到人的身體，不知是羨慕崇敬？還是可憐同情？

在希臘神話裏，有位經常莽撞亂套的天神，他名叫依比米修斯，而他的哥哥叫普羅米修斯，這位大哥是一般人所熟悉的「人類之友」。兩兄弟本來一起要負責造人類和動物，可是老二做事離譜，他一傢伙把所有的好材料都拿去造動物了，舉凡一切華麗、慧黠、機伶、力量、能飛、善泳、能跳、快跑、柔韌、強悍、銳爪、利齒……，都差不多全給這位老弟用光了。老大忽然發現自己什麼都拿不到，只好用剩下來的「次貨」因陋就簡草草造了個人。於是，人類就生成一副沒鱗沒羽沒毛沒翅的可憐相（中國古代稱老虎為大蟲，蛇叫長蟲，人呢，是裸蟲，因為光光一個，啥都沒有。這一點，中國和希臘倒真看法一致，不愧東西兩大文明），所以跑不快、跳不高。最後普羅米修斯總算當機立斷，給了人類兩項禮物，一個和人體有關，他讓人類直立，如天神一般。因此，可以騰出兩條前肢為手臂，也因而可以多做許多事。第二件是從太陽取火給人類使用，人類從此有了超級能源，就不怕動物了。普羅米修斯的取火其實是盜火，犯了天條，他後來為此大吃苦頭。不過至今我們才弄明白，天火本來就是不該盜的，地球遲早會毀於火劫，例如核能。

說來希臘人應該是十分懂得人體之美的民族，但奇怪的是希臘神話中，人動不動就會變形，變成人以外的動物或植物。不像中國神話，我們的嫦娥雖然誤闖月球，但她並不打算變形。所以她周邊另有兔子和桂樹，還有蟾蜍，以及伐木的老吳剛。希臘神話裏月桂是美女變的，宙斯自己也會變成牛，而庫克諾斯（海神的兒子）則在戰危之際被父親救走化做天鵝。希臘人彷彿有一張特別的護照，可以自由在「人國」和「動物國」之間行走。看來，希臘人大概很羨慕做動物。

(6)華人以為初春時，獺會抓一排魚來祭天

而動物中能活躍於水陸兩界的身體似乎更值得羨慕，其中水獺便是難得的完美好身手！

水獺的身體不但柔若無骨，而且簡直像是「液態的骨肉」。人類的舞者是上了臺才跳舞，水獺則步步是舞。牠前行、牠捉魚、牠側轉、牠潛洞、牠後退，無一不是舞。看水獺活動五分

鐘以後，真叫人嫉妒之餘恨死了當年的依比米修斯啊！

獺因身體靈便，十分擅長抓魚——擅長得過了份，難免抓了太多的魚，所以，抓魚對獺來說似乎「好玩」比「好吃」的成份還多。抓得太多，牠就把魚排成一行，撥來弄去，古人看了，竟把獺的這項行為說成「獺祭」。（咦？你想起來了嗎？有一種日本酒就叫「獺祭」呢！）其實，獺哪裏有那麼多宗教情操要拿魚去祭天。中國古書上甚至勸漁人應在水獺舉行過「獺祭儀式」之後才來捕魚。其實這想法也沒太錯，因為「獺祭」必是春深冰化眾魚漸多的時候，這時候漁人才下手捉魚比較合理。

——不過水獺如果真懂得要祭天的話，應該別忘了先祭一祭依比米修斯，因為他實在給了水獺太多太多人類想都不敢想的好材料啊！

(7)哭聲未止，我卻立刻又想哭了

好，我們再來看看那些從金門淪落到台北木柵動物園的絕美生物的下場吧！

起先，管理員拿奶瓶餵牠們，後來是切碎的魚肉，再後來，是小活魚。為了怕牠們不會抓魚，只好把活魚放在透明的有小孔的塑膠浮球中，水獺一擠，就可吃到。而根據長期的解剖資料，水獺的食物其實也包括青蛙。

於是，管理員就拿來一道活跳跳的虎皮蛙給三隻小水獺吃。但小水獺離開母親太早，來不及完成牠們的「家庭教育」，缺乏水獺族的「絕技訓練」。所以，三個傢伙都不認為這玩意兒是可吃的食物，當然也想不出如何下手。其中一個膽子特別小的，竟然嚇得轉身就火速逃跑了。

以上的故事，是有個環保朋友在電話中告訴我的，我乍聽之下忍不住哈哈大笑，因為想像中的畫面詭異且令人發噱，一隻長近一米的水獺，竟然被一隻小孩巴掌大的小蛙兒嚇倒，並且落荒而逃。但笑聲未止，我卻立刻又想哭了，只好暫時拚命忍住眼淚。好在，電話中，說故事的朋友不致看到我古怪的超快速的哭笑變臉術。

為什麼想哭呢？是因為感傷，感傷小水獺因失恃，缺乏母親的教誨和示範，竟然不知虎皮蛙雖然身手矯健，目光炯炯，但牠其實不可怕。身為水獺，幾千幾萬幾十萬年都懂得靠「家傳本事」吃蛙類。蛙類，是這三隻歐亞種的水獺絕對有本事可以吃得下去的營養品！

但牠如今竟然見蛙如見鬼魅，嚇得趕緊拔腿逃命——我因而想起全世界各地的華人小孩。他們由於種種原因，跟傳統文化遠遠隔絕，有如海阻山擋。如果你叫他們解一句古詩，他們會嚇到骨頭發顫，恨不得有地縫可鑽。你強迫他去看一場兩小時的平劇，他覺得其辛苦的程度遠超過到麥當勞去打工八小時。

這些華人小孩害怕傳統文化，亦如小水獺對虎皮蛙的驚駭，可說怕得毫無道理。對於美味且營養的文化，他們唯一的反應竟是：

「快呀！咱們快逃命呀！這是個什麼恐怖的怪玩意兒呀！」

除了為小水獺落淚，連帶地，也為處境有如小水獺的下一代的華人小孩落淚，該說什麼呢？只有嘿（讀做墨）然無語。

（二〇一七．八）

你看過石虎嗎？

從小，他跟着父母漫遊天下，幾乎沒有一個寒暑假他不出國。他一會兒在澳洲看小企鵝，一會兒去非洲看紅鶴，一會兒又跑到中國東北的扎龍去看丹頂鶴，至於去阿拉斯加搭遊輪，則是為了看海上鯨豚……。

可是，我跟他提起石虎，他卻愕然，不知我說些什麼。

「唉！我早就料到你沒見過石虎。不過，我沒料到你連聽也沒聽過。這不怪你，怪我們和我們的上一代，是我們無知，才把牠們趕盡殺絕，才害得你們不知不聞。說來，牠很可愛，長得像更大更野的貓！一雙眼睛賊亮賊亮的。」

「哇，那一定漂亮到不行！牠們都住在哪裏？——哦！我是說，從前——」

「牠們，牠們哪裏都住，可是我們住在台灣的人一直在破壞牠們的棲地，所以，現在很難看到了。我還碰到一位想開發土地的立法委員，他說：『環保團體在叫什麼**保護石虎**、**保護石**

虎，我怎麼就沒見過什麼石虎！哪有石虎！』」

「那，」年輕人說，「我要去哪裏看石虎？」

「暫時只好在動物園裏了，希望經過保育團體的努力復育，將來在野外也能看到。」

「那麼，阿姨，你自己看過石虎嗎？」

「有，說來你大概不信。一九六〇年的青年節，我走在烏來的山路上，路的左邊是山，山腰上有個小山洞，有一隻石虎就坐在洞口，目光炯炯朝外看。牠看見了我，我也看見了牠。我不覺害怕，牠也不害怕。然後，我就走遠了。

「那一天，是我十九歲的生日，從外雙溪跑去烏來山行，算是我當時的壯遊，半個世紀後的今天，我仍然記得那隻石虎跟我隔着一百公尺的無忮無求的眼神——高貴淡定，直直撼動人類的魂魄。那時候我其實不知道牠是誰，是事後查書才知道的。牠雖然長得像貓，但那硬錚錚的耳朵和強碩的體型，一看就知道不是家貓。

「現在，我終於明白，那天，一九六〇年的春天，上帝自己送給我一項生日禮物，祂讓我這個都市孩子看到了一隻台灣石虎！這之後，我就再沒有看過第二隻，現在回想，真覺是上天的寵惠。

「我也終於明白，那隻石虎，牠藉眼神跟我說了以下的話：

我們石虎，也許大劫在前。在台灣——這個貪婪之島，我們會瀕臨絕種。年輕的你啊，你既然看過我，你既然與我眼神一度交會，你願意將來有朝一日為我們的子孫說幾句話嗎？對，你們可能認為我們是壞份子，我們喜歡偷吃你們養的雞，但我們也吃老鼠啊！老鼠如果猖獗，你們哪有糧食可存？我們『罪不至死』吧？你們的祈禱文中不是有這樣的話嗎：

『上帝啊！請不要追究我的罪債——如同我不追究別人的罪債。』

不要再逼我們了！給我們一點山林，給我們一點棲地。不要以為『開發』是神，不要以為炒熱地價是好事。能為大地留下一點空白，其實不但對我們好，對你們自己也是好得無比的事啊！」

「我懂了，」我的年輕朋友說，「我會去動物園看看石虎。」

唉，他，那個在台北市長大的孩子，他真的弄懂了我在說什麼嗎？

（二〇一三・六）

寫給雲新

雲新，親愛的雲新：

寫下你的名字，令我心惻惻生疼。

「雲」，本也算是華人的姓氏，但人家讓你姓雲，卻有一段曲折的故事：

話說一切活着的生物，常以為命運就掌握在自己手上，其實卻未必。你之所以身在台灣，主要是落入不幸的命運，你遭捕了（遭捕是你不能意料的）。遭捕，在什麼地方？好像是東南亞。人家為什麼捕你？（你當然也不懂。）想來是因為你「珍貴」。「珍貴」又是什麼意思？說白了就是「值錢」。你為什麼「可以賣很多錢」？因為你快「絕種」了（錢？賣？絕種？這些都不是你能明白或掌控的）。於是，你便給裝在鐵籠裏，鐵籠又裝在貨櫃裏，貨櫃又裝上海船，就這樣，你到了台灣。

這是什麼人做的壞事？沒有人知道，貨櫃裏常夾帶一些奇奇怪怪的東西。例如蟒蛇，例如毒品，例如豔色的鳥、紅毛猩猩，甚至是人。海關緝查的人員常常給嚇一跳。

二〇〇一年，海關關員就被你驚懼無助的眼神嚇到！天哪，一隻活物，一隻小豹，一隻台灣本身絕了種的雲豹！

按照我們的海關條例，你是可以拿去燒死的，因為你是「非法入境的違禁品」。啊，混亂的世界，什麼事不可以發生？燒死一隻雲豹算什麼？用生化的方法殺人的事在七十年前日本人在中國做過，如今敘利亞仍在做，那些非法入境的活物或死物，我們一律拿去燒。

而你沒有遭焚，海關一念之仁把你交給了台北木柵動物園。從此，開始了你的寄居歲月。像我們這裏的某個族羣，他們自稱「客家人」，你也是，你是「客家雲豹」。為了便於記憶，他們給你取了個名字叫「雲新」，你是全新的一隻雲豹，在台灣沒有了雲豹的情況下（註1），你是代替品，讓我們可以遙想台灣百年前的玉山或大武山頭的雲豹的英姿。

也許有點像從越南或印尼來的新娘，麻煩的是，你連新郎也沒有。台灣真的沒有雲豹了嗎？不要問研究人員，這是他們心頭最大最大的痛，他們會結結巴巴地回答說：

「唉，很多年沒有在野外看到雲豹或雲豹的痕跡了！」

只是他們不太願意鬆口把話講白了：

「沒有了，雲豹在台灣，早死絕了。」

那句話太殘忍，他們說不出口。

其實，你剛來時，園裏還有一隻「雲乖」，你本可做牠的外籍新娘。但房事哪能那麼容易對盤，雲乖比較老，你們終於琴瑟未諧。雲乖一九九六年十二月二十四日入園，二〇一〇年四月六日辭世，牠是台灣一般人所見到的最後一隻雲豹。而你，雲新，至今也無法有子嗣了，我們眼睜睜地看着你們的族羣凋零滅絕。

曾經，雲豹是魯凱族人當作半個神明來敬奉的，只因為當年魯凱族西遷的時候，老鷹在天上飛，雲豹在地上跑，兩者聯手，來指示他們西遷的路線。遷移，一向是族羣大事，《尚書》裏面曾慎重其事地記錄三千五百年前的「盤庚遷殷」的本末。而魯凱族只憑記憶，感恩為他們導路的天上地下的朋友，所以，魯凱族嚴禁獵殺鷹和雲豹。

可是，雲新啊！你們的親戚台灣雲豹還是漸漸消失了。

雲豹之死，和其他在十九、二十世紀消逝的生物其理由是一樣的。其一是大量捕殺牠們，其二是佔據了或破壞了牠們的家園，不給牠們留半片棲息地。

而今，雲新，台灣雲豹的表妹，你也有點老了，有時皮膚有點毛病，關節也開始退化了。豹類一般只活二十年左右，你已十三歲了，你已中年，你走後，我們去哪裏重溫雲豹的音容呢？（註2）

啊，雲新，雲新，你和台灣之間這段說不清的因緣，使我們可以有機會認識雲線之上的矯健和美麗——對於這終將消失的幸運，我在自慶之餘不免有其大悲慟啊！

（二〇一三・六）

註1：其實二〇一三年有個宣佈，說台灣雲豹沒了。可是連我也不肯痛快承認，總想着，也許在研究人員腳程沒去到的某個隱密處，還藏着一戶命大的仍在生活着的雲豹家庭……。

註2：雲新於二〇一八年十一月，因老化導致多重器官衰竭辭世，享年十八歲。目前台北木柵動物園的雲豹 Suki，是二〇一六年底從德國來台的。

台灣奇蹟

(1)那條溯游的路，牠們從來都不會走錯

海水沁涼。

她，和大夥兒一起，在靜默無聲中寂然前行，如夜行軍時銜枚疾走的兵——不過，我說錯了，那時候還沒有行軍，也沒有戰爭，因為，根本還沒有人類。啊，那真是很久很久以前的事了。那時候，是冰河紀，那地點是太平洋，而她，是一隻熟齡母鮭魚，優雅靈動，似一隻飽滿的銀色梭子，穿紡在無邊的藍波中。和她同泳的，還有幾隻公鮭魚。在這種求偶季節，牠們的背上泛着紅光，美豔激情，卻也隱含死亡的倒鉤。每一隻凶猛飢餓的大魚因而更容易找到牠們，但牠們的背部持續無畏地紅着，向母魚紅着。被大魚吃，是死，但如果沒有因母魚而得到子嗣，也等於是死，牠們寧可美麗耀眼，身處險境，也要讓母魚注意到牠們。

曾經，牠們生活在更北方的海，但那裏太冷，牠們遂一路向南取暖。而此時此刻，一切正好，北溫帶，食物豐富，蝦類讓牠們營養充足，體膚因而光瑩秀美。這些天，母魚紛紛懷着卵，她們要出發了，她們要去遙遠的溪河產卵去了，兩年前的春天，牠們都是從那條溪水裏遊過來的，而八十萬年後我們人類叫那條溪為蘭陽溪。

那些紅亮的公魚注定跟着。等母魚小心地鋪好溪底砂礫如床褥，並且產好琥珀珠子似的小圓卵，牠們便虔敬地去噴灑精液，好讓卵粒能受孕。

可是，一百個卵大概只能存活兩個，因為有路過的其他的魚會來吃。

多麼奢華的投資，百分之二的獲利——可是，值得了。這次旅行是牠們成年後第一次回鄉，而且，照例，牠們也就不回來了。精卵一旦契合，父母便從容謝幕，在異域，在遙遠的一條小溪裏以身相殉。至於牠們美味的肉，熊想吃、鳥想吃、或大魚小魚想吃，都請便。

那條路，牠們不會走錯，小時候走過，從溪到海，從來沒走過的路——但，就是不會走錯，族羣中每隻魚都知道該怎麼走。可是如果你要問為什麼，沒有一隻魚知道如何回答。現在，在牠們的熟年，牠們往回走，從海回到溪，每隻魚仍然不會走錯。母魚更厲害，她們滿肚子卵，卻一無所懼，一路夷然前行。

可是，牠們卻沒料到，這是牠們最後一次溯游了。雖然，牠們本來就沒打算回頭，可是卻沒料到連牠們的新生兒也回不了大海了。

(2)咦？路不通了

試想八十萬年前，一隊小鮭魚娃娃，在出生一年後，興沖沖地踏上「歸海之路」——忽然，咦？路不通了。

路不通？什麼時候恢復？沒人說起，只知道，大地的板塊變了，溪河出口不見了，一隊鮭魚娃娃楞在那裏不知道該怎麼辦……。

(3)怎麼辦？

怎麼辦？

不怎麼辦。

日子還是要過下去的，雖然，在鮭魚的世界裏，大海本是一定要回的。只是，並不是牠們不回，而是水阻路斷，歸海的路自己憑空消失了！

(4)八十萬年前的事了

有學者近年作研究，說大甲溪奪了蘭陽溪，鮭魚當年是沿此溪而上，到了大甲溪上游的七家灣溪、有勝溪、司界蘭溪、南湖溪、合歡溪……，不過，這一切都不重要了，重要的是，族羣要活下去，而且，牠們也真的活下來了。

溪水清涼，石蠅、石蠶、蜉蝣……皆可一飽。

對，碰上了萬古乾坤從來沒有發生過的怪事，好好的地塊居然大挪移，但日子總要過下去。於是，牠們就在這裏留下來了，這一留，歲月悠悠，八十萬年居然也就一瞬而過。

(5)「魚類權威」的校長拿這事當笑話看

民國六年，一九一七年，大正六年，接近一百年前，日本的「波麗士大人」（警察的英文譯音）津崎友松向一位青木糾雄談起一個話題，青木是當時台灣總督府的技手，津崎則是宜蘭四季社的駐警：

「這裏的泰雅番人，他們常捉到一種鱒魚，看起來和吃起來都和我們的日本北方的櫻花鱒很像哦——」

口說無憑，但青木糾雄那年十月居然收到一尾鹹鮭魚包裹，是一尾挖了肚腸的雄魚。青木立刻向在美國研究生物的年輕學者大島正滿報告（他是正滿的助理），正滿當時人在史丹福大學，這所學校的第一位校長大衛・喬登恰巧正是魚類專家，不過他卻用輕鬆的玩笑來調侃這位來自台灣的日本東京大學畢業的年輕學者：

「哎喲，你說是鹽醃的鮭魚？（一百年前，難不成有冷凍空配？）搞不好是日本官方犒賞高山駐警（的確辛苦，一不小心，會遭「賽德克巴萊們」砍頭的），派挑夫挑上山，不小心掉在溪澗裏，又給撈起的（那魚無內臟無頭，實在有點怪）。」

校長在上，正滿也不知要說什麼，可是，翌年（一九一八），正滿學成返台，看到標本的正身，他便有了發言權了！八十萬年過去，台灣鱒的身世之謎第一次驚動世人。

一戰過去了，二戰也過去了，（不過三十年嘛，跟八十萬年比，算什麼！）台灣換了國名，鮭魚也訂下了新名，新名叫「櫻花鉤吻鮭」，也叫「台灣鱒」。相較於大部份的在溪海的鹹水與淡水之間迴游的鮭魚，牠是極為罕見的陸封型鮭魚（註）。二十世紀末葉，牠活得不太好，因為人類亂築水壩，溪魚幾乎變成池魚，牠一度少到只剩二百條，後來，毅然拆了攔沙壩，才算還牠們一線生機。今年，總算恢復為五千多條——只是幾場颱風，又折損不少，寄望下個繁殖季牠能補回元氣。

台灣奇蹟，與其說是指人類在沒資源的條件下賺了大錢，不如說，指鮭魚在無路的絕境中仍能緜延永續所象徵的生命韌力吧？

（二〇一三．六）

註：不去大海，始終只在溪水中生存，這種陸封型鮭魚很少見，但除了台灣，歐洲也有類同的故事。

【後記】

捨不得不手寫漢字的人

(1)捨不得不手寫漢字的人

現在，很少人「寫文章」了，絕大部份的作者都是「打文章」。朋友中，剩下席慕蓉和隱地，還和我一樣，楞楞地緊握着一枝筆。以前還有余光中，後來，他提早離席了，令人不勝懷念。

我是「握筆派」，有人問我為何食古不化？我會告訴他——為了編輯，我會找人再代打一次——但我自己，是一個注定「捨不得不手寫漢字」的人。

(2)孔子沒提的年齡

孔子說了些有關年齡的格言，說得挺不錯的，從三十到七十都一一說了。但他卻漏了八

十、九十和一百——他大概不認為那是人類該有的正常年齡吧？所以他也想不出，人活到八十歲該是個什麼樣子，因此，乾脆就不提了。他自己後來只活到七十二歲，但已算那時代的長壽之人。

一九四五，台灣從日本政府歸還給國民政府。那時候，國民平均年齡居然不到四十歲。可能，也怪戰禍，當時連十四五歲的小孩都要上戰場，遠赴滇緬或菲律賓、印尼一帶赴死，平均年齡怎麼能高呢？再加上食物和醫藥都不足，想不短命也難。而現在，男女的平均年齡都超過八十了。

華人中最長壽的三個城市是香港、台北和上海。

而我今年八十一歲了，我該怎麼活？孔子既沒下指導棋，咱家就自己來琢磨琢磨吧！

(3)他沒聽懂我的話

我問我自己一句話：

「我，會不會老啊？」

但，這句話如果轉去問朋友，他一定「很努力地騙我」：

「不會不會，你不會老！」

哈！他錯了，他沒聽懂我的話。

「會」字有很多意思，他以為我的問題是：

「老化，這件事，會不會發生在我身上？」

「會不會」在上面這句話裏，指「可能不可能？」或「有沒有這個可能性？」。

嘻嘻！世人皆老，我獨不老——難道我是妖怪嗎？

其實那不是我的意思——我說的「會」，不是指「可能」，而是指「能力」。例如他「會」賺錢，他「會」協調，她「會」彈鋼琴，她「很會」省錢，或者，聽說你「很會」做菜。

我說「會不會老」，指的便是，有沒有這個「能力」，這個「本事」，這個「厲害」，或云「擅長於」。請問你「會」去跟「老」周旋，「會」跟「老」切磋，「會」跟「老」混個「小賺不賠」，「會」跟「老」和平共存，「會」讓「老」拿你有點沒轍嗎？

我真得好好學，學到「會」——讓自己「很會老」，「很擅長於老」。

(4)法寶

對我而言，法寶之一，是「閱讀」。法寶之二，是「書寫」。其他的，就如武術，每門每派各有其心法和絕招。

(5)不管別人是「不屑」或「懶得動筆」

但，說到寫，寫什麼呢？

我想寫點「別人」不寫的，不管別人是因「不屑」或「沒能力」或「沒想到」或「沒時間」或「懶得動筆」……。總之，我撿拾別人不要的話題、或是「政治不正確」的古典文學，加上對大自然保護的呼籲。

(6)咬牙答應的事

香港《明報月刊》的專欄跟我邀稿，我「咬牙」答應了。因為深知自己本性懶惰，月月有人催稿，雖是苦事一樁，但卻是多麼幸福的痛苦啊！

(7)幽默，是金鐘罩

所以，現在，你手上就有了這本書。這是我寫作生涯中的「倒數」第幾本書？我不知道，但我知道幽默感是年紀大的人必不可少的「金鐘罩」。所以不管多嚴肅的事，儘量都用「幽默法」來出手。林語堂當年提倡「幽默」，居然遭左派罵到臭頭。唉！大師也真是生不逢辰，殊不知，要幽默，也要有那個背景和環境。人生必須要老到一個程度，歷練到一個程度，整個社會也要成熟到一個程度，才知道幽默感之必不可少。

⑻過着自備牢房、自備牢飯的隔離日子

此刻，二〇二二年初夏，疫情正熾，我此時也身在劫中，過着自備牢房、自吃牢飯的隔離日子。但是，說到「牢房」，這地球加外太空，也無非是一處「稍大的牢房」罷了。「自由」其實是另外一個東西，跟空間不一定有關，要用別的方法營求。所以，還好啦，病雖難躲，大家就躲在彼此的殷殷祝福裏吧！

「祝福」二字有人以為是名詞，其實不是，「祝福」是「動詞」加「名詞」，意思是「我來為你祝禱一份幸福」吧！

我此刻的心情也是如此，祝求上天，給你一份福，也，給我一份福。並且，給普世之人，人人皆有一份福。也不必多，點水之恩，讓我們能以徼幸地，如過獨木橋一般地，小心慎重地行過今天，和，明天。

⑼夾在多重精彩之間

書的封面摺口有幅畫像，是好友慕蓉畫的，許多年前的事了，那可能是本書最精彩的部份吧？同樣最精彩的，則是封面和書背上臺靜農老師的題字了。以老師的舊墨來濡我的新書，當年醇味的墨香彷彿猶能穿紙而出呢！而徑蕪，他做的是「整合化一」的工作，一般人不容易看出他的貢獻，其實是很費心的苦活。至於夾在這多重精彩之間的拙作，你就用包容的心來點收吧！

⑽附加一句

最後，附加一句，我要鄭重地謝謝我的助理志淑，十多年來沒有她，我一定活得很狼狽。她的細膩和認真，助我良多。

二〇二二・五・二十六 凌晨二時

蘼過春山草自香

國家圖書館出版品預行編目 (CIP) 資料

蘼過春山草自香 / 張曉風 著 . -- 初版 . -- 臺北市 :
九歌出版社有限公司 , 2022.07
面 ; 公分 . -- (張曉風作品集 ; 16)
ISBN 978-986-450-458-9 (平裝)
863.55 111008193

作 者 —— 張曉風
責任編輯 —— 鍾欣純
創 辦 人 —— 蔡文甫
發 行 人 —— 蔡澤玉
出 版 —— 九歌出版社有限公司
台北市 105 八德路 3 段 12 巷 57 弄 40 號
電話 / 02-25776564・傳真 / 02-25789205
郵政劃撥 / 0112295-1

九歌文學網 www.chiuko.com.tw

印 刷 —— 晨捷印製股份有限公司
法律顧問 —— 龍躍天律師 ・ 蕭雄淋律師 ・ 董安丹律師
初 版 —— 2022 年 7 月
初版 2 印 —— 2022 年 11 月
定 價 —— 380 元
書 號 —— 0110116
I S B N —— 978-986-450-458-9
9789864504664 (PDF)